내사랑
야옹이

초판 1쇄 발행 ㅣ 2016년 10월 27일

지은이 ㅣ 다니엘 최
펴낸이 ㅣ 최대석
펴낸곳 ㅣ 행복우물

편 집 ㅣ 엠피케어(umbobb@daum.net)

등록번호 ㅣ 제307-2007-14호
등록일 ㅣ 2006년 10월 27일

주 소 ㅣ 경기도 가평군 경반안로 115
전 화 ㅣ 031)581-0491
팩 스 ㅣ 031)581-0492
이메일 ㅣ danielcds@naver.com

ISBN 978-89-93525-38-8(03810)
정 가 9,500원

내사랑
야옹이

다니엘 최 지음

행복우물

목 차

제1부
내 사랑 야옹이

제2부
야옹이 사진 베스트 16

제3부

아내가 기가 막혀

제1부
내 사랑 야옹이

야옹이가 입양되고 얼마 지나지 않아 찍은 사진이
니까 생후 3개월 정도 되지 않았을까? 야옹이의 앙
증스러운 모습이 가장 잘 나타나 있는 사진이다. 초
롱초롱한 눈망울에 반듯한 자세하며 어느 한 곳 나
무랄 데 없는 100% 완벽한 우리집 마스코트, 내
사랑 야옹이!

59세에 이룬
전원생활의 꿈

시골에서 살고 싶었다. 원래 고향이 경기도 오산이고 거기서 어린 시절 12년을 살았던지라 시골에 대한 향수가 있었고 또 각박하기만 한 도시생활에 염증을 느끼고 있었던 터이기도 했다. 그래서 직장에 다니면서 틈틈이 전원주택을 알아보았다. 수도권의 전원주택이라고 해 보았자 거의 다, 아마도 비율로 친다면 80% 이상이 양평에 몰려 있다. 나머지는 용인과 퇴촌, 그리고 청평과 설악 등, 경기도 가평군 지역에 약간이 있을 뿐이다.

한 5년 정도 열심히 쫓아다니다가 두 손 두 발을 다 들고 말았다. 아마도 한 100채 정도는 보지 않았을까? 문제는 딱 마음에 드는 집이 단 한 채도 없다는 데 있었다. 그때까지는 서울에서 주로

내 사랑 야옹이

살다가 마지막 5년은 분당의 최고급 주상복합 65평에서 살았다.

아파트는 그냥 단지의 위치를 보고 해당 동, 호수에 들어가서 그 집의 층수와 구조, 전망 등을 살피면 그걸로 끝이다. 앞에 가린 동이 없이 전망이 탁 트여있으면 좋은 것이고, 지하주차장에 주차공간이 넉넉하면 더 좋은 것이고, 거기다가 지하주차장까지 연결되는 엘리베이터라도 있으면 금상첨화라 할 수 있다. 분당 우리 집은 고속 엘리베이터가 한 라인에 두 대나 설치되어 있는 집으로, 총 33층 중 25층이었으니까 가히 로열층이라고도 할 수 있는 집이었다.

그런데 전원주택을 알아보러 돌아다녀보니 이건 도대체가 딱 이집이다! 싶은 집이 단 한 채도 없었다. 집이 새집이고 깨끗해서 마음에 들면 달랑 산 속에 두 채만 떨어져 있는 집이거나, 땅이 좀 넓다 싶으면 150평은 여기, 나머지 200평은 저기 길 건너에 있는 식이다. 또 집이 좋다 싶으면 땅이 좁고 땅이 넓다 싶으면 집이 너무나도 허름했다.

그래도 어찌어찌해서 계약 바로 직전까지 갔던 집들도 이래저래 서너 채나 있었다. 그러나 그것도 계약을 체결하러 부동산으로 돌아가던 중에 마음을 고쳐먹었다. 다시 한 번 확인해 보고 계약하기로 한 후 아내와 다시 현장을 돌아보고 나면 어김없이 결점이 노출되었다. 집 바로 뒤에 무덤이 있는 경우도 있었고 또 어떤 집은 처음이나 두 번째에는 몰랐는데 너무 위치가 산꼭대기에 있는 게 아닌가! 이런 집을 겨울에 눈이라도 오면 어찌 오르내릴까 싶었다.

그러나 정말 무결점에 완벽하다 싶은 집도 한 채 있었다. 양평의 양동면이라는 동네에 있는 집이었다. 그 집은 새로 지은 지 얼마 되지 않아서 너무 깨끗했고 무엇보다도 집 주위로 소나무 숲이 울창한 게 마음에 들었다. 집의 위치도 국도 변에서 5분만 들어가면 되는 집이었다. 그러나 그 집조차도 시내와는 너무 동떨어져 있었다. 서울에서 태어난 토박이에 수십 년을 서울과 분당의 아파트에서만 살아왔던 아내는 여러 가지 편의시절이 멀찍이 떨어져 있는 그런 곳에서 과연 살 수 있을 것인지 자신이 없다고 했다. 결국 그 집도 계약을 포기했다.

이렇게 한 5년을 주말이면 전원주택에 미쳐서 돌아다니다가 결국은 '전원주택은 너무 힘들다.'라는 결론에 도달하게 되었고 전원주택의 꿈을 접었다. 아! 강아지를 키우고 꽃과 잔디밭을 가꾸고 텃밭에 야채를 심어서 무공해 식품을 먹고… 이게 모든 사람들,

특히 퇴직을 앞둔 샐러리맨들의 꿈이 아닌가?

우리는 큰 처형 네가 춘천의 전원주택에 살아서 결혼 전부터 줄곧 그 집을 드나들었다. 큰 동서는 원래 고향은 충청도지만 서울대 치대를 졸업한 후 춘천에서 군의관으로 근무하다가 그대로 눌러 앉아 40년 동안 치과를 운영하였다.

큰 처형 네가 살던 집은 4만평의 과수원에 딸린 주택을 개조한 30평짜리 전원주택이다. 봄이면 온 산을 뒤덮고 피어있는 하얀 배꽃의 장관이라니! 신록이 우거진 여름, 처형 네 집에서 자고 오는 날이면 저절로 도시생활에서의 피로가 가시고 날아갈 듯 상쾌한 기분이 들었다. 그러니까 우리 부부가 전원주택의 꿈을 꾼 것은 거의 결혼 초부터가 아니었나 싶은 생각이 든다.

그렇게 시골생활의 꿈을 접고 지내던 어느 날, 그날도 우리는 춘천을 가던 중이었다. 결혼 초기부터 다니기 시작한 춘천 나들이는 평생 동안 계속 되어서 한 달이면 어김없이 두세 번씩은 춘천을 다녀오곤 하던 터였다. 꿈을 포기했다고는 하지만 그래도 미련은 남아있었던지라 나는 수시로 신문에 났던 광고를 오려서 수첩에 넣어서 갖고 다녔다. 가평을 막 들어섰을 때 수첩에 넣어 두었던 광고 생각이 났다. 아내에게 '좋은 집이 있는 데 한 번 가보자.'

고 말했다. 아내도 흔쾌히 동의하였다.

그렇게 해서 산 집이 바로 지금 우리들이 살고 있는 집이다. 가
평 읍내에서 군청을 끼고 뒤로 돌아서 한 3분 정도 가면 되는 경반
리라는 동네이다. 작은 고개를 넘자마자 펼쳐지는 동네의 풍경은
그야말로 사방 산 속에 50~60채의 시골집들이 옹기종기 모여 있
는 모습이 아닌가. 그때가 7월 말이었는데 마을 한복판에 자리잡
고 있는 그 집은 나무가 울창하였다. 게다가 300평의 땅 한쪽 편으
로 자리 잡은 통나무집은 그야말로 '그림같은 집'이었다. 아내와
나는 그 집을 보고 나오면서 누가 먼저랄 것도 없이 '바로 이집이
다.'라는 생각을 하며 서로를 쳐다보았다.

그 다음날 춘천 큰언니 네와 다시 한 번 확인 차 들렀다. 언니와
동서도 너무 좋은 집이라면서 곧바로 계약하는 게 어떠냐고 했다.
그래서 집을 본 그 다음 날 계약했다. 집 가격도 거의 깎지 않고
달라는 대로 다 주었다. 겨우 500만원을 깎았던가? 그리고 집수리
를 마치고 이사한 게 바로 8년 전인 2008년 8월 중순이었다.

우리 집에서 5분 거리에 마트에서부터 은행, 우체국, 군청, 읍사
무소, 보건소 등등, 그야말로 모든 게 다 있다. 게다가 더 좋은 일
은 우리가 이사 오고 나서 새로 생긴 가평역이 바로 집에서 5분 거

리에 있다. 이건 정말 부동산 분양광고가 아니다.

이사 오고 나서 한 2년 정도까지는 성북역에서 다니는 무궁화호 열차가 한 시간에 한 대 정도씩 다녔는데 그것도 밤 열 시면 끊어졌다. 막차시간에 맞추어서 부지런히 갔으나 간발의 차이로 기차를 놓친 적이 두 번 있었다. 한 번은 친구 집에서 잤고 또 한 번은 가평까지 택시를 타고 왔다. 엄청난 요금이 나왔다.

그런데 얼마 지나지 않아 경춘선 복선 전철이 새로 개통되었다. 게다가 그로부터 또 2년 후, 우리가 사는 경반리에서부터 신설된 가평역사까지 신호등도 하나 없는 직통의 고가도로가 생긴 것이다. 이런 걸 보고 금상첨화라고 하는 게 아닐까?

여기까지가 하드웨어적인 이야기라면 이제부터는 소프트웨어적인 면을 이야기해야 하겠다.

이사를 와서 떡을 돌리고 난 후 동네 사람들이 궁금증을 참지 못하고 하나 둘 집을 방문하기 시작했다. 아내는 시골 사람들이 오면 커피를 타주고 과일도 깎아주면서 지극정성으로 대접해 주었다. 그건 꼭 무슨 의도가 있어서가 아니라 아내의 품성이 원래 그렇기 때문이다.

그뿐이 아니었다. 동네 사람들이 가을 산에 가서 도토리를 줍

자고 하면 같이 따라나서고 그걸 갖고 묵을 쑤어서 함께 해서 나
누어먹고, 두부를 만든다면 그것도 어깨너머로 배우고 하면서 동
네 아낙네들과 어울렸다. 그러자 사람들은 서울서 예쁜 아줌마 친
구가 왔다며 좋아하고 수시로 집에 들르곤 한다. 그런데 집에 찾
아오는 사람들마다 이구동성으로 하는 말이 자기네들은 이 집에
생전 처음 와 본다는 것이 아닌가. 아니 이 집이 지이진 지가 벌써
10년이 지났다고 들었는데 어찌된 일일까?

　사연은 이랬다.

　먼저 살던 사람은 여기서 꼬박 9년을 살았는데 외부 사람들을
절대로 집에 들이지 않았다는 것이었다. 전 주인 부부가 우리에게
집을 팔며 이사 갈 때도 당부하던 말이, 절대로 여기 사람들과 어
울리지 말라고 했다. 나는 도대체 그럴 일이 무엇일까 의아한 생
각이 들었다. 그 사람들은 부부가 모두 대학을 나왔는데, 동네 사
람들의 말에 의하면, 여기 동네 사람들을 무식하다고 아예 상대도
하지 않았단다. 장장 9년 동안을 한 동네에 살면서 어찌 왕래가 없
었을까? 그것도 신기하기만 했다.

　나도 그렇고 아내도 그렇고 동네 사람들과 흉허물 없이 지내
자 동네 사람들도 우리 집에 마실 오는 것을 즐겨하게 되었다. 아

내는 사람들이 갈 때면 빈손으로 보내지 않았다. 그러자 동네 사람들도 답례를 했다. 봄이면 감자를 캤다고 감자를 한 보따리 들고 온다. 여름에는 대문 앞을 나가보면 누군가가 두고 간 호박이 하나 놓여있다. 그걸로 맛있게 찌개를 끓여먹으면 다음 날은 옥수수를 땄다고 하면서 또 옥수수를 한 박스 갖고 오는 게 아닌가. 한 집에서만 그런 게 아니었다. 이집 저집에서 갖고 오다보니 집에는 그런 야채나 과일이 넘쳐났다. 그러면 형님네도 보내고 언니네도 나누어 주었다.

물론 동네 사람들은 수시로 모여서 소주를 먹는다. 여기 사람들은 그게 또 그들만의 즐거움이요 그들만의 문화이다. 그래도 나는 그런 데에 잘 끼지는 않고 일 년에 한두 번 정도, 정월 대보름 척사대회라는가 마을잔치를 하는 때에만 그들과 어울려 술을 먹는다. 꼭 먼저 살던 사람이 어울리지 말라고 경고를 해서는 아니다. 나 자신이 독한 술을 별로 좋아하지 않기도 하고 또 나로 인하여 (술먹는) 좋은 분위기가 깨지는 것을 원치 않기 때문이기도 하다. 또 내가 술을 먹지 않는다고 누가 무어라고 하는 사람도 없다.

8년 동안 시골생활을 해보니 먼저 살던 사람들은 굉장히 잘못된 편견을 갖고 있었다는 걸 알 수 있었다. 그야말로 9년이라는 세월을 창살 없는 감옥에서 지내는 것과도 같은 고독을 즐기다 도시로 돌아간 것이다. 그 길고도 긴 시간을 이웃들과 어울리지 않고 외톨이로 지냈으니 오죽 갑갑했을까 싶다. 그 사람들을 생각하면 성경의 한 구절이 떠오른다.

"그러므로 무엇이든지 남에게 대접을 받고자 하는 대로 너희도 남을 대접하라 이것이 율법이요 선지자니라." (마태복음7-12)

우리 부부는 전원 생활을 만끽하고 있다. 그렇지만 눈코 뜰 새 없이 바쁘기도 한 게 사실이다. 대지 300평에 마당의 잔디밭만도 200평이 넘는다. 잔디밭의 잡풀을 뽑는 일은 언제나 아내의 일이지만 나 역시도 나무 가꾸랴 집안에 이런 저런 일 하랴, 그야말로 단 한 시간도 쉴 틈이 없다. 우리 부부가 며칠만이라도 게으름을 피우면 그 결과가 금방 나타난다. 그래서 사람들이 집에 찾아와서 '참 멋있다!'라는 생각을 할 정도가 되게 하려면 우리 두 내외가 정말로 열심히 집을 가꾸어야 하는 것이다.

가끔씩 나는 이런 생각을 할 때도 있다. 전원주택 관리인이 주업이고 작가겸 출판사 사장은 부업이라고.

2
야옹이,
우리 집 식구가 되다

    사실 집을 사서 이사 올 때에도 너무나 성급히 계약한 터라 집의 구조도 잘 몰랐고 집이 몇 년 된 집인지 확인도 해 보지 않았다. 또 집 주변에 혹시라도 무슨 혐오시설은 없는지도 확인하지 않았다. 그야말로 '무턱대고 이사 왔다.'는 말이 딱 맞을 것이다.

    그런데 와서 지내다 보니 나쁜 점 보다는 오히려 좋은 점이 훨씬 더 많다는 사실을 알 수 있었다. 우선, 집은 집주인이 살려고 정성들여 지었는데 무슨 무슨 사정이 있어서 1년 만에 급히 팔았다고 했다. 자재도 좋은 것으로 쓴 흔적이 엿보였다. 목재가 모두 캐나다산 원목이란다. 두 번째로 살던 사람, 그러니까 우리에게 집을 팔고 떠난 사람은 일산에서 살다 온 70대 초반의 부부였는데 용인으로 갈 사정이 생겨서 팔고 가는 것이라고 했다.

집 주변에 군부대가 있는데 그것도 지금까지 살아보니 단점보다는 오히려 좋은 점이 더 많았다. 겨울이면 여기 가평은 눈이 엄청나게 많이 온다. 그런데 집 앞이 바로 마을회관이다 보니 마당이 무척이나 넓다. 200평 정도가 될까? 그걸 거의 우리가 전용주차장으로 쓰는 셈이다. 한겨울이면 집안의 눈을 치우는 것만도 벅찬데 마을회관 주차장까지 눈을 어찌 쓸어야 하나 걱정하고 있으면 군인들이 구령에 맞추어서 20명 정도가 달려온다. 그리고는 한 시간이 지나면 말끔히 눈을 치워준다. 우리가 하는 일이란 그저 군인들에게 따끈한 커피 한잔씩을 내주며 '수고한다.'고 격려의 말 한마디를 해 주는 게 전부다.

또 집 앞으로 꽤 큰 계곡물이 흐르는데 그게 바로 가평의 유명한 경반계곡이란다. 어느 봄날 아내와 함께 계곡 옆으로 난 길을 따라 산책을 갔다. 수락폭포까지 가기로 했는데 계곡이 어찌나 깊던지 두 시간을 넘게 걸어서야 겨우 폭포에 도착하였다.

여름이면 집에서 차로 10분 거리에 있는 용추계곡은 말할 것도 없고 여기 경반계곡에도 관광버스가 수십 대씩 몰려오곤 한다. 처음 이사 왔을 때는 커다란 관광버스들이 우리 집 옆으로 다녔는데 그것도 개울 건너에 2차선 도로가 생기면서 이제는 계곡을 찾는 관광객들은 모두 그쪽 도로를 이용한다. 그러니까 우리 집 앞 도로는 순전히 우리 동네 사람들만 쓰는 전용도로인 셈이다.

그런데 목조주택에서 살다 보니 문제가 생겼다. 집에 붙여서 지어 놓은 다섯 평 정도의 보일러실에 밤마다 쥐가 나무를 갉아대는 소리 때문에 잠을 설치는 것이다. 아내는 쥐 때문에 못살겠다고 난리를 쳐대곤 한다. 그래서 창고에 쥐약을 놓고 끈끈이도 놓았다. 쥐약을 먹고 죽은 쥐는 별로 없는 것 같은데 그래도 가끔씩 보면 끈끈이에 달라붙어서 죽는 쥐가 눈에 띄곤 하였다. 그래도 근본대책은 되지 않았다.

그러던 어느 여름 날, 그러니까 우리가 이사 온 지 거의 3년이 다 되어오던 2011년 5월의 일이다. 하루는 아들이 서울에서 오면서 예쁜 플라스틱 케이지 속에 고양이를 담아 온 것이었다. 아들은 대학원을 졸업하고 여의도에서 금융회사를 다니고 있었는데 엄마가 쥐 때문에 고생한다는 사실을 알고는 인터넷에서 고양이를 분양받아 가지고 오는 길이란다. 녀석은 좋은 고양이를 공짜로 얻어왔다면서 얼굴가득 기쁜 표정이 가득했다. 그 고양이를 보는 순간 나와 아내는 그냥 한눈에 반해 버렸다.

플라스틱 케이지 속에서 뛰어나온 새끼 고양이는 집안을 조심조심 기어 다니기 시작했다. 태어난 지 열흘 정도나 되었을까? 아들이 주사기에 우유를 넣어서 입속으로 넣어주자 꼴깍꼴깍 잘도 받아 마신다. 어쩌면 한주먹도 되지 않을 것 같은 앙증스러운 놈이 그리도 집안 구석구석을 뛰어다닐까! 우리는 그때까지도 고양이는 사람들을 잘 안 따르고 정이 없다고만 생각해서 고양이를 키운다는 생각은 하지 않고 지내던 터였다.

아들이 하는 이야기가 너무 재미있다. 고양이를 분양한다고 해서 을지로에서 아가씨를 만났는데 육군 부사관이라고 했다. 약속 시간을 잡는데 십팔 시에 만나자고 하더란다. 여섯 시가 아니고 십팔 시. 게다가 말도 또박또박 하더란다.

"네, 생후 일주일 되었습니다."

"이거 박스도 그냥 주시는 건가요?"

"네, 그렇습니다."

"그러면 제가 얼마를 사례해야….."

"사례는 필요 없습니다."

"그래도 너무 미안해서 어쩌지요?"

"아닙니다. 여기 주사기와 우유도 있습니다."

군인을 상대해 본 적이 없는 아들은 연신 그 아가씨의 흉내를 냈고 아내와 나는 배꼽을 잡고 웃었다. 아가씨가 고양이를 넘겨주면서 함께 준 플라스틱 통과 우유, 주사기, 그리고 고양이 빗, 등등의 소도구를 보면서 우리는 고양이를 사랑하는 사람의 마음이 어떤지를 어렴풋이나마 알 수 있을 것 같았다.

우리들은 그놈의 이름을 야옹이라고 지어주었다. 호랑이 새끼같기도 하고 표범 새끼 같기도 한 너무나도 예쁜 야옹이는 그때부터 우리 가족의 일원이 되었다.

그런데 야옹이는 그냥 귀엽고 예쁘기만 한 게 아니었다. 어느 날부터인가 집안에서 쥐가 달그락거리는 소리가 사라져 버린 것이었다. 가끔씩은 야옹이의 우는 소리가 이상하다 싶어서 보면 그놈이 어느 사이에 쥐를 잡아서 입에 물기도 하고 희롱을 하며 노는 게 아닌가. 그럴 때마다 아내는 기겁을 해댔다. 징그러워서 못살겠으니 저놈 어디다 갖다 주라고 하면서 소리소리 질러댔다.

야옹이가 오고 나서 한 서너 달이나 지났을까? 이제 더 이상 집에서는 쥐를 구경할 수 없게 되었다. 밤이면 사각사각하는 나무를 갉아대는 소리에 잠을 설쳐대던 일도 이제는 아득한 과거의 일이 되어버린 것이다.

하, 그것참 신기하기도 하지. 어쩌면 그렇게도 작은 녀석이 자기만큼이나 큰 쥐를 잡을까? 아마도 고양이와 쥐의 관계에는 우리들이 알지 못하는 무언가가 있는 모양이다. 가령 고양이의 울음소리를 들으면 쥐가 꼼짝을 못한다던가 하는, 무슨 천적의 관계가 있는 건 아닐까?

야옹이 음독자살
미수 사건

야옹이가 오고 나서 처음으로 맞이하는 겨울이다. 그러니까 녀석이 우리 집에 온 지 벌써 7~8개월이 된 것이다. 2012년이 시작되면서 눈이 참 많이도 왔다. 그런데 그 즈음에 야옹이 녀석이 임신을 한 것이었다.

하루는 아내가 놀란 표정으로 야옹이가 아무래도 임신을 한 것 같다는 이야기를 했다. 가만히 살펴보니 정말 녀석의 배가 조금은 부른 것도 같았다. 그리고 행동도 조금 이상했다. 평소와는 달리 울음소리도 더욱 애처롭게 들렸고 사료도 평소보다 더 게걸스럽게 먹는 것 같았다.

2월이 되면서 나는 교회에서 하는 전도폭발 프로그램에 교회를 대표하여 전문가 과정에 수강생으로 참석하게 되었다. 서울의 모 교회 수련관에서 꼬박 일주일을 함께 합숙하며 훈련을 받아야 하는 프로그램이었다. 우리가 받는 153기 국제전도폭발수련과정에는 모두 80명 정도의 목사, 전도사, 그리고 일반 신도들이 훈련생으로 참석하였다. 그들이 온 곳도 제주도를 포함한 전국이었다. 4명씩이 한 조가 되어 한방에서 자면서 아침 8시부터 밤 10시까지 암기하고 발표하고 현장학습 나가는, 그야말로 강행군이었다.

나는 그곳에서 있는 기간 동안에도 내심 야옹이 녀석의 소식이 궁금하였는데 하루는 밤에 아내가 문자로 보내온 사진을 보니 야옹이가 새끼를 낳은 것이 아닌가! 그것도 한 두 마리가 아니고 무려 다섯 마리나 됐다.

나중에 집에 돌아와서 보니 정말로 귀여운 녀석들이 옹기종기 모여서 꼬무락거리고 있었다. 아직 눈도 제대로 뜨지 못하고 귀는 머리에 착 달라붙어 있었다. 아마도 집에 자주 놀러오던 바둑이 무늬 고양이와 눈이 맞은 모양으로 새끼 중에는 바둑무늬를 한 놈도 두 마리나 되었다. 놈들은 그래도 어미의 품에서 열심히 젖을 빨고 있었다.

이놈들을 어찌 키워야 하나 하고 걱정하고 있는데 하루는 큰 사단이 벌어졌다.

　가평에 정착하고 나서 보니 읍사무소에서 하는 이런저런 유익한 프로그램들이 많이 있다는 것을 알게 되었다. 나는 그중 하나, 클래식기타 반에 등록하였다. 그때는 기타 반에 나간 지 한 1년 정도가 되던 때였다. 그날도 한참을 열심히 배우고 있는데 아내로부터 전화가 걸려왔다. 무척이나 놀란 목소리였다. 들어보니 야옹이가 농약을 먹은 것 같은데 아무래도 죽을 것 같다는 게 아닌가!

　나는 부랴부랴 친구로부터 차를 빌려달라고 해서 차를 몰고 집으로 달려 왔다. 마침 그 전날 차가 고장이 나서 정비공장에 차를 맡겨두고 기타 반에 갈 때도 읍사무소까지 40분 거리를 기타를 둘러메고 왔던 차였다.

　기타 반에는 나와 같은 나이의 친구가 있었다. 서울의 금융권 회사에서 중역으로 은퇴하고 가평으로 이사 온 친구로 나와 처지가 상당히 비슷해서 평소에 친하게 지내던 친구였다. 그 친구는 평소의 지론이 동물은 동물, 사람은 사람이라는 식의 이분법적 사고방식이 확실한 친구였다. 강아지는 키우다가 그저 적당히 자라면 보신탕 감으로 팔거나 아니면 불에 그슬려서 된장 발라 먹으면 된다는 말을 자주했다. 그는 나에게 차를 빌려주면서 그깟 고양이 새끼, 약 먹었으면 죽게 내버려 두면 될 일이지 무슨 그리 호들갑을 떠느냐고 하면서 별로 탐탁해 하지 않는 눈치였다.

날아갈 듯이 집에 달려와서 보니 정말 야옹이는 거의 다 죽어가고 있었다. 집에 들어서는 순간 야옹이의 거친 숨소리가 들려왔다. 입에서 흘러나온 거품을 아내가 수건으로 닦아주면서 발을 동동 굴렀다. 쥐약을 먹은 게 틀림없어 보였다.

아내와 나는 서둘러서 야옹이를 차에 싣고 동물병원으로 향했다. 가평에 이사 오고 나서부터 집에서 개를 키웠다. 하얀 발발이 종으로 무척이나 귀엽게 생긴 녀석이라 우리는 꼬맹이라는 이름을 지어서 부르고 있었다. 그 녀석에게 구충제를 사다 먹일 때도 예방주사를 맞힐 때도 그 동물병원을 갔기 때문에 거기 주인과는 여러 차례 안면이 있던 터였다.

70살 가까이나 된 듯한 그분을 나는 평소에 수의사로만 알았다. 동물병원을 가면 언제나 하얀 가운을 입고 이런저런 것들을 팔고 있었기 때문이었다. 그분은 야옹이를 이리저리 보더니 고개를 흔들었다. 아무래도 죽을 것 같다면서 청평의 동물병원으로 가 보라고 했다. 거기 가면 젊은 수의사가 있으니 가서 보여 보라는 것이 아닌가. 그러면서 자기는 수의사가 아니라는 고백까지도 했다.

다시 차를 몰고 시속 100km의 속도로 청평으로 향했다. 뒷좌석에서는 연신 야옹이의 고통에 찬 신음소리와 아내의 안타까운 목소리가 들려온다.

"야옹이 죽나 봐. 불쌍해서 어쩜 좋아. 여보, 좀 빨리 가요."

청평까지 가는 15분 거리(평소는 20분)가 그렇게 멀게 느껴질 수가 없었다.

과연 청평에는 제대로 된 동물병원이 있었다. 가평의 동물병원은, 거기도 간판은 동물병원이라고 붙여 놓았지만, 분위기도 병원 같지는 않고 개 사료와 목걸이 같은 것들을 파는 게 주업처럼 보였는데 여기는 분위기부터가 약냄새도 나고 수술대도 있는 게 영락없는 병원이었다. 이제 야옹이는 거의 죽은 것처럼 보였다.

40대 초반으로 보이는 수의사는 진찰을 해보더니 농약을 먹었는데 위세척을 해 보자고 했다. 지금으로서는 죽을 확률이 90% 가까이 되는 데 여기다 맡겨 놓고 가면 위세척을 해보고 내일 아침까지 전화를 해 주겠다고 했다. 만약에 죽으면 여기서 그냥 처리할 터이니 치료비는 나중에 온라인으로 부쳐주면 된다고 했다. 우리들은 병원에 주소와 전화번호를 알려주고 왔다. 비록 7~8개월의 짧은 기간이었지만 정이 듬뿍 들었던지라 아내는 집에까지 오는 내내 차 안에서 훌쩍거렸다. 게다가 다섯 마리의 그 꼼지락거리는 새끼들은 또 어찌할 것인가!

새끼들에게 우유를 사다가 먹이면서 밤새도록 마음이 착잡했다. 그런데 기적이 일어난 것이다. 다음 날 아침 10시쯤 되어서 병원에서 전화가 왔다. 야옹이가 살아났단다! 위세척을 하고 영양제를 놓았더니 이제 확실히 살아난 것 같으니 오후에 야옹이를 찾으러 오라는 것이었다.

축 늘어져 있는 야옹이를 끌어안으니 어제와는 달리 몸에 따뜻한 온기가 느껴진다. 드디어 안도의 한숨이 터져 나왔다. 아, 녀석이 우리에게로 돌아 왔구나! 야옹이는 청평에서부터 집에까지 오는 20여 분 내내 다 죽어가는 듯 야옹~ 야옹~ 소리도 힘이 하나도 없이 가냘프게 내고 그냥 축 늘어져 있기만 했다.

그런데 이건 또 무슨 일이람? 군청을 지나 우리 동네로 들어오자면 고개가 하나 있다. 그 고개만 넘으면 사방이 산으로 폭 쌓여 있는 동네가 바로 우리 동네이다. 고개를 막 넘어오자마자 야옹이 녀석의 울음소리와 움직임이 확연히 달라지는 게 아닌가. 힘차게 울면서 연신 사방을 두리번거리기 시작한다. 다 죽어가던 녀석이 도대체 어디에서 저런 힘이 생겨났을까?

집에 도착하자마자 녀석은 플라스틱 케이지에서 쏜살같이 튀어나가더니 비틀거리면서도 새끼들이 있는 작은 방으로 향했다. 가다가 넘어지면 또 버둥대면서 일어났다. 새끼들은 죽어라고 자기 엄마의 배에 매달려서 젖을 빨기 시작했다. 젖을 물리는 것도 잠시, 야옹이는 곧바로 새끼들을 한 마리씩 입에 물고는 이층으로 향했다. 죽다 살아났으니 혼자 걷기도 힘들 터인데 녀석은 새끼들을 입에 물고는 이층으로 향하는 계단을 비틀거리며 올라간다. 그러더니 이층 장롱 밑에 사람의 손이 닿지 못할 곳으로 새끼들을 한 마리씩 계속 물어 날랐다. 아마도 자기가 없는 틈에 새끼들이 위험에 노출되었을 것이라고 판단하였던 모양이다.

아내와 나는 그 모습을 보면서 어미의 자식 사랑은 동물이나 사람이나 다를 바가 없다는 사실을 터득했다. 자기 자식을 모른 척하고 내다 버리는 비정한 엄마도 있는 세상에 어쩌면 우리 인간들이 동물을 통하여 더 많이 배워야 하는 건 아닌지 모르겠다는 생각도 해 보았다.

4

우와~ 일 년에 새끼가
무려 열한 마리?

    야옹이가 낳은 새끼들을 겨우겨우 아는 곳에 넘겨주어 이제 막
분양을 끝냈다고 한숨 돌리고 있는 바로 그때, 이 녀석이 또다시
임신을 한 것이었다. 새끼를 낳은 지 불과 다섯 달이나 되었을까
싶은 2012년 여름의 일이다. 나는 고양이가 그렇게나 빨리 임신을
하는지 정말 몰랐다.

    녹음방초승화시(綠陰芳草勝花時)라고 정말 꽃과 나무의 향기
가 진동하는 계절이 왔다. 바람도 살랑대니 얼마나 좋은가. 무릉도
원이 있다면 바로 여기, 우리집이리라. 그즈음 나는 동시에 두 종
의 책 출간을 앞두고 있었기 때문에 무척이나 바쁘게 지내고 있었
다. 아내는 저 녀석이 필경은 며칠 내로 새끼를 낳을 거라면서 야

옹이가 새끼 낳을 보금자리를 1층 서재와 2층의 사무실에 각각 한 군데씩 준비해 놓고 있었다.

새벽 1시까지 일을 마치고 2층 방에서 잠이 들었나 싶었는데 잠결에 삑삑~ 하는 소리 같기도 하고 찍찍~ 거리는 소리를 듣기도 한 것 같았다. 새벽에 아내가 깨워서 일어나 보니 야옹이가 밤새 새끼를 여섯 마리나 낳은 것이 아닌가. 그것도 일층에다 네 마리를, 그리고 나머지 두 마리는 이층 바로 나의 침대 이불 위에, 내가 손을 뻗으면 닿을 수 있는 거리에다 낳은 것이다.

눈도 뜨지 못하고 꼬물거리는 새끼들이 귀엽기는 했지만 눈앞이 캄캄했다. 아~ 이 녀석들을 또 어떻게 해 치울까? 몇 달 전에 다섯 마리를 낳았을 때는 그래도 처음이라 그다지 어렵지 않게 분양을 할 수 있었다. 그러나 그것도 마지막 두 마리를 분양할 때는 임자를 찾느라고 꽤나 힘들었던 기억이 났다. 그래도 다행스럽게 춘천 작은 처형의 지인 중에 동물을 좋아하는 가족이 있어서 그들에게 무난히 떠넘겨 줄 수가 있었다.

처가는 자그마치 8남매이다. 밑으로 처제가 하나 미국에서 살고 있고 위로는 오빠, 오빠, 오빠, 그리고 그 위로 처형이 춘천에서 카페를 하고 있고 가운데 처형이 미국에 있고 맨 위 처형이 춘천에서 치과를 한다. 카페 처형의 지인이 춘천댐 부근에서 매운탕 집을 하는데 그집은 그야말로 동물의 왕국이었다. 개와 고양이를 합치면 무려 스무 마리도 넘는다. 우리가 고양이 새끼를 분양하지 못해 동분서주하자 처형이 친구에게 이야기를 했고 그쪽에서는 그러면 가지고 와 보라고 하여 겨우 넘겨주게 된 것이었다.

그것이 첫 번째 다섯 마리의 분양과 관련된 사연인데 그로부터 불과 몇 달 후, 또다시 여섯 마리가 태어난 것이다! 탁구 클럽에 가서 동호인들을 잡고 사정사정하여 한 마리를 분양하였다. 너무 나 고마워서 김을 한 박스 선물했다. 아내가 여기 저기 아는 사람 들에게 밥도 사주고 사정사정하여 두 마리를 또 넘겨주었다.

그때 나는 아들이 야옹이를 처음 분양받아 올 때 군인 처녀가 고양이 케이지며 빗이며 장난감이며 장신구 등등을 그냥 공짜로 주었던 심정을 이해하게 되었다. 새끼들은 넘쳐나는데 받아서 키 우겠다는 사람이 없는 것이었다. 멀리 북면에서 사과 과수원을 하 는 사람에게 또 한 놈을 떠 넘겼다. 이제 남은 건 두 마리, 놈들은 나날이 커가고 있었다. 엄마의 꼬리를 가지고 장난도 치고 저희들 끼리 뒹굴면서 노는 새끼들이 너무나도 귀엽고 또 분양할 곳도 마 땅히 없던 터라 그냥 키울까도 생각해 보았다. 그러고 있을 때 도

저히 키울 수 없는 사건이 수시로 생겨나기 시작했다.

하루는 야옹이가 응응~ 하면서 이상하게 울어대는 것이 아닌가. 2층으로 올라가는 계단 밑 거실 한 구석에 모여 있는 녀석들을 살펴보니 야옹이가 어디서 물고 왔는지 쥐새끼를 하나 잡아 와서 그걸 입에 물고 새끼들을 훈련시키고 있는 중이었다. 응응~ 하면서 신음소리 비슷한 울음소리를 내는 건 쥐를 입에 물고서 내는 소리였다. 다행히 아내는 집에 없었다.

그로부터 또 며칠이 지났다. 하루는 아내가 소리소리 치면서 2층의 나를 불렀다. 나는 조금 전에 응응~ 하는 고양이들의 소리를 들었던지라 녀석이 또다시 생쥐를 잡아 왔구나 하는 생각을 하며 아래층으로 뛰어 내려갔다. 아니나 다를까. 갓난아이 주먹만 한 생쥐를 새끼고양이 하나가 입에 물고 있었다. 그것을 입에서 빼내어 밖에 버리려고 안간힘을 썼지만 이제 겨우 이빨이 난 것 같은데도 새끼 고양이는 그걸 절대로 입에서 놓지 않았다. 아내는 옆에서 징그럽다고 빨리 밖에다 갖다 버리라고 소리소리 쳐 댔다. 결국 생쥐가 너덜너덜하게 찢어질 때까지 실랑이를 한 후에야 놈의 입에서 겨우 빼 낼 수가 있었다.

그런 일은 그 후로도 여러 차례 발생했다. 야옹이는 수시로 들쥐들을 잡아와서 새끼들을 훈련시켰다. 담장 너머 밭에 가면 들쥐들이 널려 있는지 아니면 야옹이가 사냥의 천재인지는 알 길이 없으나, 어쨌든 녀석은 하루가 멀다 하고 들쥐들을 잡아서 물고 왔다. 어떤 때는 한꺼번에 두 마리를 잡아와서 한 마리씩 분배를 하고 개별 트레이닝을 시키기도 했다. 이제는 겁이 났다. 불과 몇 달 전에 다섯 마리를 낳더니 이번에는 여섯 마리, 그렇다면 다음에는 일곱 마리? 생각이 거기에 미치자 이제는 더 이상 볼 것도 없이 야옹이에게 불임수술을 해 주어야 하겠다고 생각했다. 아내도 군말 없이 동의했다.

다시 청평의 동물병원을 찾아갔다. 20만원인가를 주고 불임수술을 해 주었다. 시간은 그리 오래 걸리지 않았던 기억이 난다. 한두세 시간 정도 걸렸을까? 배와 등을 붕대로 칭칭 동여맨 야옹이를 데리고 가평으로 오는데 녀석은 아직도 마취에서 덜 깨어났는지 뒷좌석의 플라스틱 통 속에서 거의 기척이 없었다. 그런데 그게 참 묘했다. 가평군청을 돌아서 경반리로 넘어가는 고개 꼭대기에 들어서자마자 뒷좌석에서 녀석이 요란하게 울어대기 시작하는 것이었다. 지난번에 농약을 먹었을 때도 그랬는데 이상하게 고개를 넘을 때면 그때부터 야옹이의 본능이 발동하는 것 같았다. 고

개에서부터 집까지는 직선거리로 1km의 거리이다. 아마도 그 정도가 고양이의 텔레파시가 통하는 거리가 아닐까?

집에 야옹이를 내려놓자마자 녀석은 쓰러질 듯 쓰러질 듯, 비실비실 대면서도 새끼들을 찾아 갔다. 새끼들도 자기 엄마가 오자마자 죽어라고 그 품속으로 찾아 들어간다. 그 광경을 보면서 나는 다시 한 번 동물의 진한 모성애를 느낄 수 있었다. 갑자기 엄마가 생각났다. 까마득한 옛날, 내가 아홉 살 때 엄마가 돌아가셨다. 아홉 살 코흘리개부터 올망졸망한 꼬맹이들을 자그마치 네 명이나 남겨두고 이 세상을 떠나는 엄마는 돌아가시기 전에 어떤 생각을 하셨을까?

겨우겨우 나머지 두 마리마저도 분양에 성공하였다. 그리고 그 다음부터는 새끼 때문에 더 이상 고생하는 일은 없게 되었다. 그런 고민에서 해방된 후에는 야옹이와의 즐거운 추억만이 있었다.

암놈은 정말 암놈인 모양이다. 야옹이는 밖을 쏘다니고 와도 발에 흙먼지 하나 없이 들어온다. 비가 오는 날에 밖을 다녀도 빗방울은 조금 묻어 있지만 발만은 깨끗했다. 이놈은 땅을 밟지 않고 날아다니나? 앉아 있을 때의 모습은 마치 한복을 곱게 차려입고 다소곳이 앉아있는 처녀의 모습이다. 꼬리를 몸 둘레에 동그랗게 말아놓고 앉아있는 자태라니!

　수술을 마치고 동물병원을 나올 때 수의사 선생님이 하신 말씀은 과연 진실이었다.

　"고양이 암놈을 키우는 건 딸 하나를 키우는 것과 똑 같아요. 잘 키우세요."

5

꼬맹이 이야기

이사 온 지 얼마 지나지 않아 이웃집에서 발발이 새끼 한 마리를 가지고 왔다. 그러니까 야옹이가 오기 2년 쯤 전의 일이다. 하얀 털에 왈~ 왈~ 하고 짖어대던 녀석이 어찌나도 앙증맞던지 아내와 나는 즉시로 녀석에게 빠져 버렸다. 이 녀석은 아침이건 저녁이건 나를 졸졸졸 따라다닌다. 얼마나 잘 따르는지 언젠가는 집에서 4km 정도나 떨어져 있는 읍내의 교회까지도 따라왔던 놈이다.

수요일 저녁예배를 가야 하는데 마침 그날은 아내가 차를 가지고 춘천 언니 네를 가서 내게 차가 없었다. 마을버스를 기다리자니 거의 한 시간 이상을 기다려야 할 것 같은 오후 시간인지라 (오후에는 두 시간마다 한 번씩 버스가 온다) 나는 그냥 걸어가기로 했다. 그런데 집 대문을 잠그고 밖으로 나왔더니 어느 사이에 꼬맹이가 문밖으로 뛰쳐 나온 것이 아닌가. 녀석은 문을 열고 집에 들어가라고 해도 저만큼 달아나서 나를 쳐다보며 이리저리 뛰어 다닌다. 도저히 집안에 다시 넣을 수 있는 상황이 아니었다.

나는 포기하고 그냥 교회까지 걸어가기로 했다. 그런데 꼬맹이가 계속 따라오는 것이 아닌가. 군부대 담을 지나서 경반교 다리를 건넜다. 그때까지도 꼬맹이는 계속 따라왔다. 고개를 넘어갔다. 가을이라 들꽃이 흐드러지게 피었다. 길옆에 코스모스도 바람에 하늘거린다. 저녁 무렵의 가을바람은 또 얼마나 상쾌한가.

기타를 둘러메고 콧노래를 부르며 고개를 넘어갔다. 그래, 바로 이거야, 이런 기분에 시골에서 사는 거지. 고개를 넘어오는 동안 차를 서너 대 마주친 것 말고는 그냥 나 혼자였다. 벌써 집에서부터 1km 이상을 왔다. 꼬맹이는 좋다고 꼬리를 치며 앞서기도 하고 또 내가 야단치는 눈치가 보이면 저만큼 뒤에서 흘끔거리며 뒤따라온다.

다시 또 한참을 걸었다. 이제 저 멀리 군청이 보인다. 그때까지도 꼬맹이는 계속 내 뒤를 따라오고 있었다. 나는 길옆에서 나뭇

가지를 하나 주워들고 꼬맹이를 위협했다. 회초리를 흔들어대자 녀석은 저만큼이나 뒤로 도망갔다. 그런데 한 30m 쯤 간격을 두고는 계속 따라오는 게 아닌가. 어허! 저 녀석이 이러다가는 교회까지 따라 오겠네. 어느 사이에 걸어 걸어 군청앞 국도 도로까지 이르렀다. 이제 사람들의 통행도 많은데 이 녀석을 어찌 해야 할까? 교회에서 예배 전에 찬양팀과 함께 기타반주를 해야 하니 이대로 집에 돌아갈 수도 없고….

녀석은 내 마음을 아는지 모르는지 계속 멀찌감치 나를 따라오고 있다. 그렇게 걷기를 또 한참, 드디어 40분 만에 교회 앞마당까지 왔다. 시간이 다 되어서 더 이상 꼬맹이에게 신경 쓸 수도 없다. 에라 모르겠다. 나는 교회 안으로 뛰어 들어갔다.

예배시간 내내 꼬맹이 생각뿐이었다. 내가 기타반주를 제대로 하긴 했는지, 목사님이 무슨 말씀을 하셨는지도 전혀 기억나지 않았다. 녀석이 지금도 교회 주차장에서 나를 기다릴까? 행여 집으로 돌아가다가 차에 치이지는 않았을까? 찬양에 참석하지 못하는 한이 있더라도 꼬맹이를 집에 데려다 두고 왔어야 하는 것이 아니었나?

예배가 끝나자마자 나는 교회를 뛰쳐나왔다. 다행히도 교우 한 사람이 나를 집에까지 태워다 주어서 빨리 올 수가 있었다. 집에 들어서면서 꼬맹아! 하고 불렀다. 녀석은 집안에서 나를 보더니 꼬리를 내리고 저만치 슬금거리며 도망간다. 오, 꼬맹아. 너 집에 와 있었구나. 기특하다. 괜찮아, 괜찮아! 나는 뒷걸음질 치며 겨우겨우 내게로 오는 꼬맹이를 꼭 끌어안아 주었다.

꼬맹이는 원래 어려서부터 목줄을 하지 않고 풀어서 키웠다. 그래도 아내가 하도 성화를 해 대서 목줄을 사다가 어쩔 수 없이 목에 묶어주기도 했다. 그런데 묶어 놓기만 하면 이놈은 단식투쟁으로 맞서는 게 아닌가. 하루 이틀이 문제가 아니었다. 사흘, 나흘까지도 녀석은 물 한 모금 먹지 않고 꼼짝도 하지 않은 채로 집 속에만 틀어 박혀서 지낸다. 그러니 결국은 우리가 질 수밖에. 그렇게 묶고 풀어주고 하기를 서너 차례, 결국 우리는 두 손 두 발 다 들고 말았다.

"그래, 꼬맹아, 우리가 졌다, 졌어!"

그런데 이놈이 오고 나서 일 년쯤이나 지났을까? 이 놈이 온 동네에 말썽을 부리고 다니기 시작하는 것이었다. 녀석은 그 작은 체구에서 어쩌면 그렇게도 막강한 정력이 나오는지 온 동네의 암놈들에게 모두 임신을 시켜 댔다. 집안에 없다 싶어서 밖에 나가

보면 길모퉁이에서 홀레 붙어서 낑낑대는 꼬맹이를 어렵지 않게 볼 수 있었다.

그렇게 또 일 년이 지나가자 이건 온 동네에 꼬맹이의 2세, 3세 들이 새하얗게 깔려 버렸다. 가히 경반리의 개새끼들은 거의 다가 꼬맹이의 아들 딸, 손자 손녀라고 해도 전혀 과장된 말이 아닌 것 이다. 외출을 했다가 집에 오면 마을회관 앞마당에 꼬맹이가 뛰어 놀고 있다. 반가운 마음에 차 창문을 열고 '꼬맹아!' 하고 외쳐도 전혀 반응이 없다. 그러면 그놈은 꼬맹이가 아닌 것이다.

확실히 동물도 암놈과 수놈은 차이가 많다. 야옹이는 암놈이고 꼬맹이는 수놈이다. 야옹이는 농약을 먹은 것 한 번을 빼고는 속을 썩인 적이 없었다. 그런데 꼬맹이 이 녀석은 걸핏하면 말썽을 일으켰다.

한 번은 집 밖에서 꼬맹이가 죽는다고 짖어댔다. 급한 마음에 담장 펜스 밖으로 내다보니 집 옆 콩밭 속에서 소리가 나는 것 같 았다. 우리 집은 오른쪽에는 집이 있고 왼쪽은 그냥 밭이다. 대문 을 열고 꼬맹이를 찾아 나섰다. 녀석은 콩밭 속에서 발에다가 올 무를 매단채로 죽어라고 비명을 질러대고 있었다. 올무가 콩 줄기 에 걸려서 밭에서 빠져나오지를 못하고 있는 상황이었다. 다행히도 올무는 큰 게 아니었다. 아마도 쥐를 잡는 올무인 모양으로 큰 상처는 없었다. 올무만 제거해주면 다시 정상으로 돌아 올 수 있을 것 같았다. 며칠이 지나자 꼬맹이는 언제 그랬냐는 듯 또다시 온 동네를 헤집고 다니며 암놈들에게 정액을 배급해대기 시작했다.

꼬맹이의 사건은 열거하자면 끝이 없다. 어느 해 봄, 한참 꽃도 피고 잔디도 파랗게 나서 나와 아내는 정원 파라솔 밑에서 시골의 정취를 만끽하며 차를 마시고 있었다. 그런데 어디에서인가 심한 똥냄새가 났다. 이상하다? 무슨 냄새일까?

우리 동네 개울 건너편에는 소와 돼지를 키우는 축사가 하나 있다. 경반리에 이사 와서 유일하게 못마땅한 게 있다면 바로 그것이었다. 집과 직선거리로 1km 가까이 떨어져 있기 때문에 평상시는 전혀 문제 될 것이 없는데, 한 여름에 날씨가 흐려 있을 때는 똥냄새가 스물 스물 우리 집까지 밀려온다. 그래도 못 견딜 정도는 아니고 또 그렇게 냄새를 느낄 수 있는 날도 그다지 많지 않아 그럭저럭 참고 지낸다. 그런데 오늘은 날씨도 쾌청한데 도대체 어디서 나는 냄새일까?

냄새의 진원지를 쫓아가 보니 뜻밖에도 개장 근처에서 나는 게 아닌가. 꼬맹이 녀석이 밖에 나가서 똥통에 빠져서 돌아온 것이었다. 야옹이가 잔뜩 놀란 표정으로 야옹~ 야옹~ 대면서 개장 주변을 빙빙 돌고 있었다. 꼭 이렇게 말하고 있는 것만 같았다.

"아이, 오빠 더러워. 도대체 이게 뭐야!"

아마도 놀러 갔다가 논밭에 줄 거름을 묻어 둔 곳에 빠진 모양이었다. 서둘러 녀석을 마당 한 편의 수돗가에서 목욕시켰다. 목욕을 안 하겠다고 발버둥치는 놈을 억지로 아내는 꼭 움켜잡고 나는 비누칠을 하고 물을 뿌려가며 한참을 실랑이를 해야만 했다. 어찌나 큰 소리로 깽깽대는지 온 동네가 떠나갈 지경이었다. 아마도 동네에서는 우리가 개를 잡아먹는 줄로 알았을 것이다. 그래도 며칠 동안 똥냄새는 집안에서 사라질 줄 몰랐다.

녀석이 그렇게 속을 썩일 때면 나는 친구의 말이 생각났다.

"그깟 똥개 새끼 뭐 그렇게도 애지중지하나? 복날에 된장에 발라서 구워 먹으면 그만이지. 이번에 해 치우자고!"

꼬맹이 녀석은 우리들이 그 말을 진지하게 고려한다는 사실을 알고나 있을까?

6

호기심 천국
야옹이의 하루

내 곁에는 언제나 꼬맹이와 야옹이가 있다. 눈이 하얗게 온 겨울날, 새벽에 교회를 다녀 올 때 꼬맹이는 동네 입구에서부터 고래고래 소리를 질러가면서 나를 반기며 내 차를 따라온다. 흰색 아반떼 자동차가 내 것만이 아닐 터인데 녀석은 용케도 우리 차를 알아보고는 차 바퀴에 거의 닿을 정도로까지 접근하는 묘기를 부리며 달린다. 어떤 날은 500m 거리에 있는 경반교에서 나를 기다리기도 한다.

그러면 야옹이는 점잖게 대문 옆 담장 위에서 웅크린 채로 나를 기다리고 있다. 내가 집에 들어오면 꼬맹이는 거실 안에까지 따라 들어오려고 문밖에서 내 눈치를 슬슬 본다. 내가 허락만 하면 놈은 잽싸게 뛰어들어 올 판이다. 그러나 꼬맹이의 영역은 거기까지이다. 이제 네 임무는 끝났어. 여기서부터는 야옹이의 나와바리야.

야옹이는 밤에 잠을 잘 때도 나와 한 침대에서 잔다. 잠을 자다가 손을 뻗으면 내 손에 야옹이의 따사로운 체온이 느껴진다. 2층 사무실 책상 컴퓨터 앞에서 일을 할 때조차도 녀석은 내 곁을 떠나지 않는다. 자판 위를 돌아다니기도 하고 어떤 때는 일하고 있는 내 어깨 위에 앉아 있기도 하다. 그뿐만이 아니다. 녀석은 내가 소파에 앉아서 TV를 보거나 음악을 듣고 있노라면 어느 사이에 내 뒤로 와서 목덜미 쪽에 앉아 있다. 마치 이렇게 말하는 것만 같다.

"주인님, 여기 제 등 위에 목을 기대세요."

그러면 나는 느긋하게 목을 뒤로 제킨다. 따사로운 체온과 부드러운 털이 나의 목에 느껴지면 그날의 피로가 일순간에 사라지는 느낌이 든다. 이건 강아지에게서는 느낄 수 없는 고양이만의 매력이다.

고양이를 키워보니 고양이가 얼마나 호기심이 많고 장난을 좋아하는 동물인지를 수시로 실감하곤 한다. 이놈은 마당에서 방아깨비를 잡아와도 쥐를 잡아와도 그냥 죽이지 않는다. 도망가면 또 쫓아가서 앞발로 이리저리 건드려 보고 그러다가 도망가면 또 쫓아가고 하는 식이다. 한마디로 장난꾸러기이다. 모기가 왱왱거리며 날아다니면 유심히 지켜보다가 펄쩍 뛰어올라 모기를 잡으려고 하기도 한다.

한번은 외출했다가 돌아왔는데 야옹이가 보이지 않았다. 야옹아! 야옹아! 한참을 소리지르자 어디에선가 야옹~ 야옹~ 하는 소리가 나기는 나는데 집안 여기저기를 뒤져보아도 도대체 보이지를 않는 것이다. 2층에도 없고 아래층에도 없고…. 그런데 자세히 들어보니 안방에서 나는 것 같았다. 안방에 들어가 보니 녀석은 옷장의 맨 밑에 있는 여닫이 서랍 속에 들어가 있는 것이 아닌가.

춘천 처형의 생일이라 처갓집의 식구들이 모두 모여 점심과 저녁을 먹고 밤에는 극장에서 영화까지 보고 왔는데 녀석은 장장 10시간 이상을 그 작은 서랍장 속에 갇혀 있었던 셈이다. 아마도 오전에 외출하기 직전 속옷을 갈아입는 사이에 이놈이 서랍장에 몰래 들어간 모양이다.

하하하! 옛날 말이 하나도 틀리지 않는구나. 호기해사묘(好奇害死猫)라는 말이 있는데 풀어보면 '호기심이 고양이를 죽인다.'는 말이다. 정말 명언이다. 만약에 그 외출이 가까운 춘천이 아니고

외국여행이었다면 어찌 되었을까? 필경은 서랍장이 야옹이의 관
이 되었겠지? 고양이라는 동물은 정말 못 말리는 호기심 짱!

　그뿐만이 아니다. 꼬맹이와는 또 어찌나 싸움을 잘 하는지 나는
날마다 녀석들의 싸움 말리기에 하루가 바쁘다. 야옹이가 밖을 나
가면 꼬맹이는 마치 기다리기라도 했다는 듯이 야옹이를 번개처
럼 뒤쫓는다. 야옹이는 어느 사이에 소나무 위로 달아나 버린다.
그러면 꼬맹이는 나무 밑에서 꼬리를 흔들며 야옹이를 쳐다보며
어슬렁거린다.

　그렇게 한 시간이고 두 시간이고 꼬맹이는 자리를 뜰 줄 모른
다. 꼬맹이 녀석의 얼굴에는 재미있다는 표정이 역력하다. 벌써 두
놈이 함께 지낸지도 5년은 되었는데 어쩌면 만나기만 하면 그런
지 정말 개와 고양이 사이는 어쩔 수가 없는 모양이다. 그래도 서
로 물고 할퀴지는 않는다. 그냥 재미로 쫓아가고 재미로 도망갈
뿐이다.

　고양이와 강아지의 차이점은 또 있다. 꼬맹이는 내가 이리 오
라고 하기도 전에 나를 보기만 하면 꼬리를 살랑살랑 흔들면서 품
에 안긴다. 그러나 야옹이는 '야옹아 이리 와!'하고 아무리 외쳐도
근처에 오지 않는다. 그렇다고 고양이가 사람을 안 따른다고 생각

하지는 마시라. 야옹이 녀석은 그 즉시는 아니지만 내가 오라고 하면 10초~20초, 때로는 1분 후에라도 어느 사이에 내 근처에 와서 주변을 어슬렁거린다. 내가 일을 하다가도 뒤를 돌아보면 언제나 야옹이가 앉아 있다. 내가 밥을 먹을 때면 식탁 모퉁이에서, 그리고 잠을 잘 때면 침대 위에서 나를 지켜준다. 고양이건 개건 모두가 다 주인에게 충성스런 동물임에는 틀림이 없다. 단지 서로의 표현방법이 다를 뿐이다.

그런 야옹이가 언제부터인가 비보이 공연을 하기 시작했다. 이 녀석이 TV에서 동물의 왕국을 즐겨 보는 걸 알고는 있었지만 언제 이런 연예 프로그램까지 보았단 말인가? 녀석은 나와 아내가 소파에 앉아 있으면 영락없이 비보이를 한다. 네발을 연신 비벼대다가 우리가 잘한다! 잘한다! 하면 데굴데굴 구른다. 이리 구르고 저리 구르고 하기를 서너 차례, 또다시 손발을 마구 비벼대면서 또 데굴데굴 구른다. 그러면 나와 아내는 소리친다.

"우와~ 우리 야옹이 잘한다!"

"야옹아, 너 머리 다 벗겨지겠다!"

"아이구 이놈아, 그만해!"

그런데 야옹이 때문에 내가 밤에 수면을 취하는 데 심각한 지장이 있다는 사실도 고백해야만 하겠다. 몇 년 전까지만 해도 내가 2층을 쓰고 아내가 1층을 썼는데 작년부터는 아내가 2층으로 올라가겠다면서 날보고 1층을 쓰라고 한다. 2층 침대가 더 잠이 잘 온다나? 누구의 명이라고 거역하랴.

당장 그날부터 1층에서 자는데 이놈은 내가 1층에서 자고나서부터는 아주 살판이 났다. 자다가도 수시로 창문을 열어달라며 야옹거리는 것이다. 그래서 창문을 열어주면 나가놀다가 한 시간 쯤 후에는 다시 방충망에 매달려서 문을 열어 달란다. 밖에 나가서 여기 저기 돌아도 다니고 또 다른 고양이도 만나고 그러면서 심야 외출을 즐기는 것이다. 예전에 내가 2층에서 잘 때는 밤에 한 번 외출하면 그 다음 날 아침에나 들어 왔는데 이제는 외출 횟수도 더 빈번해지고 그 간격도 더 짧아진 것이다. 그래서 새벽에 교회를 갔다 와서 자는 잠 외에 또 오후에 낮잠을 자야만 부족한 잠을 벌충할 수가 있게 되었다.

사람마다 잠자는 습관이 있듯이 야옹이 녀석도 분명한 습관이 있다. 요즘 보니 새벽 2시까지는 장롱 위에 올라가서 자고 그 후에는 내려와서 창문을 열어달라고 해서 두세 차례 정도 들락거린다. 그리고 새벽에 내가 교회에서 돌아올 때쯤이면 충실한 척 하면서 대문 옆 담장에 올라가서 나를 기다린다. 어떤 때 꼬맹이가 훼방을 놓을 때면 담장에 올라가지를 못하고 소나무 위에 올라가서 나를 기다리기도 한다. 하긴 담장보다는 소나무가 고양이에게는 더 좋을 것이다. 발톱을 마음껏 비벼댈 수 있으니 운동도 될 것 아닌가.

좀 피곤하긴 하지만 이렇게 동물과 사람이 서로 사랑하고 교감하면서 사는 게 전원생활의 또 다른 즐거움이라는 생각이 든다.

내 사랑 야옹이

7

야옹아,
꼬맹이 죽었어

봄이 되었다. 봄을 맞이하여 잔디 일부를 교체하고 몇 년 동안 벼르고 별렀던 집 칠도 했다. 인부들 다섯 명이 달라붙었다. 장미도 십여 그루를 새로 사다 심었다. 이제 정원은 우리 부부가 지난 8년 동안 온갖 정성을 다 기울인 덕에 거의 대한민국에서 제일 훌륭한 정원이 되었다. 물론 남들로부터 공인을 받은 건 아니고 나나 아내가 '자칭' 그렇게 주장할 뿐이지만 말이다. 어쩌면 진짜 그런지도 모른다. 정원만 200평이 넘는데다가 아름드리 소나무가 여러 그루요, 담장을 빙 둘러서 심어 놓은 울창한 측백나무 또한 일품이기 때문이다. 게다가 철쭉, 장미, 진달래, 개나리, 라일락의 향기들은 또 어떠한가.

그런데 어느 날부터인가 꼬맹이가 캑캑! 하면서 자꾸 토해대기 시작했다. 목에 가시가 걸린 것 같았다. 아내와 나는 별일 아니려니 하고 그냥 하루 이틀을 별다른 조치를 하지 않고 내버려 두었다. 예전에도 그런 일이 여러 차례 있었는데 그때마다 저절로 좋아져서 며칠이 지나면 아무 일도 없었다는 듯, 다시 정상으로 돌아왔기 때문이었다.

그런데 이번에는 좀 오래 간다 싶었다. 그래서 청평의 동물병원을 가 보아야 하겠다고 생각하고 있던 차에 교통사고가 터졌다. 춘천을 갔다오는데 가평 시내 신호등에서 기다리고 있던 우리 차를 외제차가 뒤에서 살짝 들이받은 것이었다. 아내나 나나 몸에는 이상이 없는 것 같아 그냥 범퍼만 수리하기로 합의를 보았다.

차 수리가 끝나면 데리고 가야겠다고 생각하고 있는데 아무래도 꼬맹이의 병세가 심상치 않아 보였다. 벌써 그렇게 캑캑거린지가 4일은 되었는데 이제는 가만히 살펴보니 코도 마르고 힘도 없어서 그냥 현관 문 앞에 누워있기만 했다. 덜컥 겁이 났다. 이 녀석이 이러다가 정말 죽는 건 아닐까? 차는 내일 오전에 수리가 끝난다고 한다. 그래 꼬맹아, 오늘 하루만 더 참아라. 내일 아침에 차 찾는 대로 병원에 가자. 나는 꼬맹이의 귀에 대고 속삭였다. 녀석은 꼬리를 힘없이 흔들어 댔다. 나를 쳐다보는 눈에도 힘이 풀려 있는 것만 같았다.

2층에서 일을 하고 두세 시간 만에 내려 왔는데 꼬맹이가 누워 있는 모습이 아무래도 이상했다. 현관 타일바닥에 누런 물이 고여 있는 것도 보였다. 나는 가슴이 덜컹 했다. 꼬맹이를 소리쳐 불렀지만 녀석은 미동도 하지 않았다. 일으켜 안아보니 오줌을 질펀하게 싸고 벌써 몸은 굳어져 있었다. 그 두세 시간 사이에 죽은 것이다. 그러니까 아까 꼬리를 흔든 것은 녀석이 마지막에 혼신의 힘을 다해서 주인에게 작별인사를 한 셈이었다.

내가 꼬맹이의 병세를 가볍게 본 것이 탈이었다. 택시를 타고 가던지 아니면 옆집의 차를 빌려서라도 동물병원을 갔어야만 했다. 과거에 목에 가시가 걸렸어도 극복했고 똥통에 빠져서도 살아남았고 또 쥐 덫을 발에 달고 다니면서도 굳건히 살아남았던 꼬맹이였다. 그뿐인가. 쥐를 잡으려고 놓았던 끈끈이를 몇 개씩이나 붙이고 죽는다고 깽깽거려서 빨간 살이 보이도록 온 몸의 털을 깎아주기도 했던 놈이었다. 그런 속에서도 7전8기로 살아남았던 놈인지라 이번에도 괜찮으려니 하고 방심했던 게 잘못이었다.

장날이라고 버스를 타고 시내에서 장을 보고 온 아내가 그때 마침 집에 들어오다가 내가 꼬맹이 앞에 쭈그리고 앉아있는 모습을 보고 무슨 일이냐고 물었다. 자초지종을 이야기 했더니 아내는 이내 눈시울을 붉혔다. 손등으로 눈물을 닦더니 날보고 양지바른 곳에 묻어 주란다. 7년 가까이를 함께 살았던 놈이다. 나는 아내가 평소에 즐겨 덮던 작은 담요로 꼬맹이를 싸서 마을 앞산으로 갔다. 사당 옆 양지바른 야산 밑자락에 꼬맹이를 담요로 잘 싸서 묻어주었다.

삽을 어깨에 둘러메고 돌아오는데 눈물이 흘러내렸다. 내가 꼬맹이를 묻어주고 오는 길은 저녁을 먹은 후 항상 꼬맹이와 둘이서 산책을 하던 산책로였다. 그길로 계속 고개를 넘어가면 이장네 동네가 있다. 거기는 20여 가구가 사는 또 다른 경반리이다. 그 옆은 군부대의 사격장이다. 집에서 그 동네의 끄트머리에 있는 사격장까지는 2km 정도의 거리이다. 꼬맹이와 나는 앞서거니 뒤서거니 하면서 그 길을 다녔다. 꼬맹이는 연신 오줌을 찔끔찔끔 싸면서 갔다. 그 2km 거리를 가는 동안에도 원체 시골인지라 차량을 그저 한 대나 두 대 정도 마주 칠 뿐, 그냥 나와 꼬맹이 뿐이다. 아내와 싸움을 하고 나서 꼬맹이를 데리고 나가 산책을 하고 어둑어둑 해질 무렵에 집에 돌아오면 기분이 다시 안정되어 편안한 밤을 보낼 수 있었던 적이 한두 번이 아니었다.

다음 날 아침, 야옹이 녀석의 행동이 이상했다. 꼬맹이의 집 주변을 이리저리 왔다 갔다 하면서 울어댔다. 아주 안절부절 못하는 모습이다. 아마도 꼬맹이가 눈에 안 보이는 게 이상한 모양이다. 울음소리도 평소와는 아주 달랐다. 그 옛날에 꼬맹이가 온 몸에 똥칠을 하고 똥냄새를 막 풍기고 다닐 때 야옹이가 그 주변을 빙빙 돌면서 울어대던 바로 그 울음소리였다. 평소에 그렇게도 싸움질하고 자신을 구박했건만 그래도 한 집안 식구라고 꼬맹이를 생각하는가보다. 몇 시간씩이나 자기를 나무 꼭대기에 몰아 놓고는 밑에서 짓궂게 서성대며 망을 보던 꼬맹이 놈이 아닌가 말이다.

그 다음 주에 아들이 왔다. 아들은 집에 도착하자마자 꼬맹이의 무덤을 가보자고 했다. 우리들은 무덤 앞에 서서 잠시 추억에 잠겼다.

꼬맹이는 참으로 착한 녀석이었다. 이 세상에 개처럼 사람에게 충실한 동물이 어디 있을까. 아들과 이런 저런 이야기를 많이 했다. 가끔은 아들과 함께 꼬맹이를 데리고 물을 뜨러 승동기도원의 약수터까지 갔다 오기도 했다. 그 산책로는 사격장 쪽 산책로와는 다른 방향인, 경반계곡 쪽으로 나 있는 길인데 거리는 비슷한 2km 정도이다. 물론 경반계곡의 맨 위인 수락폭포까지 가려면 6km는 족히 되고도 남는다. 그 길은 가는 내내 옆으로 계곡물이 흐른다.

원체 악명이 높았던지라 녀석에게 서러움을 당했던 사람들은 가끔씩 꼬맹이가 왜 요즘은 안 보이느냐고 묻곤 한다. 내가 죽었다고 말해주면 그들은 한결같이 '참 똑똑한 녀석이었는데…' 하고 아쉬워한다. 그놈은 특히나 옷을 허술하게 입고 집을 찾아오는 사람들에게는 아주 결사적으로 달려들었다. 참 이상한 일이었다. 처음 집을 찾아 온 사람이라도 양복을 깔끔하게 입고 오는 사람에게는 그냥 뒤만 슬금슬금 따라다닐 뿐 잘 짖지 않는데, 오로지 작업인부, 택배기사, 우편배달원, 전기검침원, 고물장사 같은 사람들만 그렇게 죽어라고 짖으면서 따라다니는 것이었다. 우편 배달하는 아저씨는 어느 날 어이가 없는 듯 이렇게 소리쳤다.

"야, 이놈아. 나도 벌써 4년차다. 아직도 나 모르냐?"

지금이 10월이니 꼬맹이가 우리 곁을 떠난 지 벌써 6개월이나 되었다. 그렇지만 우리들은 아직까지도 꼬맹이의 집을 비워둔 채 다음 개를 구하지 못하고 있다. 꼬맹이가 마치 오늘이라도 꼬리를 흔들고 집을 찾아 올 것만 같은 미련이 있기도 하고, 또 한편으로는 기왕이면 꼬맹이와 비슷하게 생긴 발발이 종의 새끼를 구해서 키웠으면 하는 욕심이 있기 때문이다.

그래도 꼬맹이에게 살아있는 동안 정말 잘 해 주었다고 생각한다. 먹을 것 시간 맞추어서 잘 챙겨주었고 항상 자유롭게 풀어주었다. 꼬맹이는 우리 집에 와서 함께 사는 7년 동안 목줄이라는 걸 모르고 살았다. 항상 자유의 몸으로 가고 싶은 곳 어디든지 쏘다니다가 들어오고 싶을 때에 왔다. 언젠가는 나흘 만에 집에 돌아온 적도 있었다.

요즘 집에 오는 사람들마다 모두 꼬맹이가 이 세상에서 제일 행복한 강아지였을 것이라고 말하곤 한다. 그런 소리를 들을 때마다 나는 속으로 이렇게 중얼거린다.

"그래, 잘 가라 꼬맹아! 네가 있어서 우리도 지난 몇 년간 정말 행복했단다."

8

동물을 사랑하는 사람들은
모두 착하다

　《인간과 개, 고양이의 관계심리학》이라는 책을 보면 아내를 때리는 폭력적인 남편은 애완동물을 학대하는 비율이 그렇지 않은 사람보다 다섯 배나 더 많다는 연구결과가 나온다. 이 말을 뒤집어보면 개나 고양이와 같은 반려동물을 학대하지 않는 사람은 자기 배우자도 학대하지 않는다고 할 수 있다. 쉽게 이야기하면 아내를 때리는 사람이 바로 옆에 있는 개나 고양이라고 화풀이 대상으로 삼지 않는 경우는 드물다는 말이다. 또 개나 고양이에게 지극정성으로 사랑을 베풀던 사람이 갑자기 옆에 있는 아들딸에게 폭행을 하는 일은 없다는 이야기도 된다.

　반려동물과 함께 지내면 사람들이 성격도 유순해지고 더 자주 행복감을 느낀다는 사실은 이미 세계적으로 공인된 학설이다. 여기에는 옥시토신이라는 호르몬이 크게 작용하는 것으로 나타났는데 옥시토신은 사랑, 우정, 믿음을 확인하거나 아이들을 키우면서 편안함을 느낄 때 많이 분비된다고 한다. 바로 이 옥시토신이 우울증과 스트레스를 경감시켜주고 사람들을 행복하게 해 준다는 것이다.

이 학설의 선두주자는 프랑스 브루타뉴 쉬드대학교의 니콜라 게갱과 세르주 치코티라는 두 명의 학자들인데 이들은 개와 고양이 같은 애완동물뿐만 아니라 말과 같은 동물에 관한 연구도 진행하였다. 그 결과, 승마를 통하여도 인간은 정서적 안정감이 향상될 뿐만 아니라 자아존중과 같은 긍정적인 효과가 많이 나타난다고 밝혔다.

사실이 그렇다. 개와 고양이를 직접 수년 간 키워보니까 그들의 선한 눈망울을 보고는 다른 마음을 품을 수가 없게 된다는 것을 나 역시도 고백하지 않을 수 없다. 순간적으로 화가 났던 마음도 그 동그란 눈을 들여다보게 되면 어느 사이엔가 스르르 봄눈 녹듯이 녹아버리는 것이다. 그뿐만이 아니다. 그들과 수년을 함께 지내보니 이제는 개나 고양이의 울음소리를 거의 다 알아들을 수 있는 자칭 '도사'의 경지에까지 이르렀다. 어떤 때는 이런 생각도 해 본다. 그들이 말을 못하는 것이 아니고 우리 인간들이 그들의 언어를 알아듣지 못하는 건 아닐까?

우리 집 꼬맹이도 산책 나가자고 할 때 내는 소리가 다르고 배가 고플 때 울어대는 소리가 다르다. 야옹이도 근처에 이상한 동물이 있다고 우는 소리가 다르고 기뻐서 날뛸 때 내는 소리가 다르다. 나는 지난 몇 년 사이에 개나 고양이에게 수십여 가지의 다른 울음소리들이 있다는 사실을 터득했다. 내가 동물을 사랑하지 않는 친구에게 이런 말을 하자 그 친구는 참으로 이상한 사람 다 보겠다는 식으로 나를 쳐다보았다. 그렇다. 이런 감정은 동물을 사랑하는 사람이 아니고는 이해하지 못하는 감정이다.

꼬맹이를 데리고 살면서 이런 저런 대화를 많이 한다. 녀석의 눈을 들여다보면서 '꼬맹아, 너는 어쩌다가 개로 태어났고 나는 사람으로 태어났을까?' 이렇게 말하면 꼬맹이가 나에게 이렇게 대답하는 것만 같다. '저를 이렇게 잘 키워주셔서 너무 감사해요. 제가 먼저 죽더라도 우리 주인님 건강하고 행복하게 오래오래 사시도록 기도할게요.' 물론 이건 나와 강아지 둘이서만 나눈 대화이고 우리 둘만이 이해하는 대화이다.

야옹이는 또 어떤가? 그놈은 항상 나와 함께 같은 침대에서 자다보니 더욱 더 많은 정이 들은 녀석이다. 나의 어디가 그렇게도 좋을까? 거의 맹목적인 충성을 보이는 야옹이를 보면서 다음 생에는 야옹이도 인간으로 태어나서 좋은 곳에 시집가서 잘 살면 좋겠다는 엉뚱한 생각까지도 해 보았다. 사실 이런 생각은 불교나 힌두교를 믿는 사람이나 가질 법한 생각이지만 뭐 생각하는 자유야 누구에게나 있는 것 아닌가? 영국에는 '돼지도 하늘을 날 수 있는 자유가 있다.'라는 속담도 있다는데.

야옹이는 주로 사료를 먹지만 그래도 일주일에 한 번 정도는 반드시 참치를 조금씩 주어야 한다. 그렇지 않으면 화장실을 들락거리면서 아주 서글픈 울음을 울어대기 때문에 안 주고는 배길 방법이 없는 것이다. 그래서 나도 일주일에 한 번 정도는 반드시 참치를 사서 와인의 안주로 삼는다. 한 캔을 따서 거의 다 내가 먹고 조금 캔에 조금 붙어 있는 것을 야옹이에게 주면 (거의 빈 깡통 수준이지만) 녀석은 그것을 밤새 화장실 타일바닥에서 달그락거리면서 맛있게 먹는다. 내가 참치를 잘 챙겨주지 않으면 아내에게 달려가서 하소연하기도 하는 녀석이다. 아내가 멸치국물을 낼 때면 아주 큰 소리로 야옹~ 야옹~ 대면서 부엌을 이리저리 맴돈다.

계속 기다려도 멸치를 주지 않을 때는 아내의 발꿈치를 살짝 깨물기까지 한다.

옛날에는 나도 보신탕을 먹곤 했다. 즐기는 것은 아니었지만 누가 먹으러 가자고 하면 그걸 거절했던 기억이 별로 없다. 아마도 30대 때부터 시작한 것 같은데 그걸 끊은 것은 집에서 본격적으로 꼬맹이와 야옹이를 키우고 나서부터였다. 개와 고양이를 키우고 나니 보신탕을 먹는다는 게 끔찍하다는 생각이 들기 시작했다. 그때부터는 누가 먹으러가자고 해도 이런 저런 핑계로 거절했다.

내가 아는 사람 중에 한우를 20여 마리 키우는 사람이 있다. 색스폰을 즐겨 부는 그 사람은 자기가 제일 눈물 날 때가 소를 팔아 넘길 때라고 했다. 그 선한 눈망울에 눈물이 금세라도 뚝뚝 떨어질 것만 같은 얼굴을 하고는 트럭에 안 타려고 버둥대는 녀석들을 억지로 태우고 나면 그날은 아무런 일도 할 수 없노라고 실토했다. 소를 팔고 나면 일주일 이상은 색스폰이고 뭐고 잡을 생각이 나질 않는다는 것이다. 그 사람의 심리를 충분히 이해한다. 여기서 더 사고를 확장해 보면 채식만 고집하는 사람까지도 이해할 수 있을 것만 같다. 어쩌면 2천 년 전에 맹자가 말했던 측은지심(惻隱之心)도 이런 맥락이 아니었을까?

맹자는 공손추 상편에 측은지심이 없는 인간은 인간이 아니라고 했다. 측은지심이 바로 인(仁)의 단서라고 설파한 것이다. 물론 이 말은 사람이 세상에서 품어야 할 마음의 근본을 설명한 것이라 동물에게까지 확대하기는 어려울지도 모른다. 그러나 사람이 이 세상의 주인이 아니라는 사실을 자각한다면 이 이론을 동물에게로 확대한다고 해도 전혀 이상할 것이 없다는 게 내 생각이다.

성경에서는 우리 인간들에게 이 세상을 정복하고 다스리라고 했다. 기독교 사상의 근본이 바로 이것이고 서구의 영향을 받은 우리나라도 이런 사상을 바탕으로 하여 우주를 이해한다. 그러나 그것은 대단한 착각이다. 우리 인간이 이 지구의 주인이 아닌 것이다. 지구상에 존재하는 생물의 수나 무게로 볼 때 우리는 곤충에 미치지 못한다. 새처럼 하늘을 날지도 못한다. 물고기처럼 물속을 헤엄치지도 못한다. 물론 나는 흉내를 내기도 하고 헤엄치는 흉내를 내기도 한다. 그러나 우리가 어찌 새나 물고기와 경주할 수 있으랴. 그 뿐인가? 진득이나 벼룩에게 물려서 죽기도 하는 게 인간이다. 심지어는 눈에 전혀 보이지도 않는 바이러스에 감염되어서 죽는 게 인간이 아닌가 말이다.

그러므로 우리는 더욱 겸손해져야 한다. 동물들과 함께 살아보니, 그리고 시골에서 자연에 접하면서 살아보니 저절로 겸손한 마음, 착한 마음, 남을 측은히 여기는 마음이 생겨났다. 그건 참 좋은 일이다. 아들도 이제는 집에 오면 제일 먼저 꼬맹이를 쓰다듬어주고 야옹이를 품에 안아준다.

애완동물을 키우는 주변의 많은 사람들을 만나 본 결과 개똥철학자인 내가 내린 결론은 이렇다.

"동물을 사랑하는 사람들은 모두 착하다."

"동물을 사랑하는 사람들은 필연적으로 착해질 수밖에 없다."

제2부
야옹이 사진 베스트 16

빨간 이불 위에서 몸을 동그랗게 하고 잠에 빠져있는 야옹이의 모습이 한편으로는 귀엽기도 하고 다른 한편으로는 가련하기도 하다. 아마도 열 손실을 최소한으로 하려고 하는 동물 특유의 본능 때문이리라. 나는 야옹이의 귀에 대고 이렇게 속삭여 준다. "야옹아, 너 꿈속에서 엄마도 만나고 또 분양해 준 네 새끼들도 만나거라. 열한 마리 모두 모두 건강하게 잘 살도록 기도도 하렴."

전설의 고향

한밤중에 이런 고양이의 모습을 보았다면 얼마나 무서울
까? 그러나 우리집 야옹이는 달밤에 소나무 위에 올라가
있는 모습까지도 귀엽기만 하다. 집에 온 지 1년 반 정도
되었을 때인 2012년 추석날 밤의 모습이다. 보름달을 보
면서 아마도 자기를 낳아 준 엄마를 생각하는 모양이다.

첫 출산 기념사진

처음으로 새끼 다섯 마리를 낳고 나서의 야옹이 모습. 그
로부터 몇 달 후, 또다시 여섯 마리를 낳아 우리 부부를
공포에 몰아 넣었던 야옹이의 다산 편력은 불임수술을
해 줌으로써 총 11마리로 끝을 맺는다. 사람들도 야옹이
처럼 많이 낳는다면 우리나라의 인구 문제가 순식간에
해결될 터인데.

얌전한 새색시

꼬리를 말고 얌전하게 앉아있는 야옹이
를 볼 때면 나는 새로 시집 온 새댁을 떠
올린다. 한복을 곱게 차려입고 두손을 모
으고 시부모에게 절하는 새색시의 모습
을. 나의 상상력이 지나친가?

야옹이 사냥 나가신다

잔디밭에서 바로 앞에 튀어 달아나는 개구리를 발견하고
막 잡으려고 하는 장면을 휴대폰으로 찍었다. 백수의 왕
못지 않은 멋진 포즈를 취하고 있는 우리 야옹이. 녀석은
일단 먹잇감을 보면 결코 놓치는 적이 없다.

내 이름은 '쩍벌녀'랍니다

야옹이는 이런 모습으로 잠을 즐겨 잔다. 누가 있건 없건 상관하지 않고 킹사이즈 침대 위에서 널브러져 잠이 든 야옹이의 모습이 부럽기만 하다. 아마도 잔소리 많은 시어머니를 만났다면 '얘야, 여자가 그게 모슨 꼴이냐?' 하면서 혀를 끌끌 찼을 법도 하다.

난 먹는 것 관심없어

식탁의 모퉁이에서 눈을 꼭 감고 딴청을 피우고 있는 야옹이 녀석. 헤헤헤~ 이놈 아. 내가 네 속을 모를 줄 아니? 오늘 반찬이 전부 김치 뿐이니까 그렇지. 생선만 있다하면 그렇게 얌전빼고 있을 네가 아니지.

꼬물꼬물 귀여운 녀석들

첫 새끼를 낳았을 때의 모습. 아마도 바둑이 무늬의 고양이가 아빠인 모양이다. 새끼들 중에 바둑무늬가 몇 놈 있는 걸 보니. 앞의 녀석은 호랑이 같기도 한데? 어쩜 녀석들이 올망졸망 귀엽기도 해라.

동물의 왕국 광팬 야옹이

야옹이는 동물의 왕국을 아주 열성적으로 본다. 아내가
좋아하는 연속극이나 내가 즐겨보는 뉴스는 관심도 없고
오로지 동물의 왕국 시간에만 이렇게 코를 밖고 TV를 들
여다 본다. 언젠가 기회가 되면 방송국에 연락해서 우리
야옹이도 동물의 왕국에 출현시켜 달라고 할까 보다.

초저녁 전용 야옹이 침대

야옹이 녀석은 밤 11시부터 새벽 1시 경까지는 장롱 위에서 잠을 잔다. 그러다가 2시부터 외출을 해서 다른 고양이와 놀기도 하고 들쥐도 잡다가 내가 새벽6시에 새벽기도 마치고 돌아오면 대문 옆 담장에서 나를 맞이 한다. 장롱 꼭대기에서 나를 내려다 보고 있는 야옹이.

새벽기도는 언제 끝나나요?

새벽마다 대문 옆 나무담장 위에 올라가서 주인이 돌아오기만을 애타게 기다리는 야옹이 모습. 어떤 딸이 이렇게 아빠를 새벽마다 기다릴까? 고양이를 사랑할 수밖에 없는 이유이다. 어쩌면 내가 새벽기도하는 내내 야옹이도 담장 위에서 함께 기도하고 있는지도 모를 일이다.

야옹이는 철학자

지금은 야옹이가 명상하는 시간으로 이때만큼은 아무도 방해를 하면 안된다. 어쩌면 어제 꼬맹이와 싸운 것을 반성하고 있는지도 모르겠다. '아, 나는 왜 이렇게 마음이 너그럽지 못하고 앙칼 맞은 걸까? 내일은 꼬맹이 오빠한테 잘 해야지.' 아니면 '오늘 저녁에도 참치를 먹을 수 있으려나?' 이런 생각을 할까?

야옹이의 묘기대행진

4m 까마득한 높이의 난간 위에 아슬아슬하게 누워서 취침을 즐기고 있는 야옹이 녀석. 아마도 전생에 서커스 단원이었슴에 틀림없다. 아니면 체조 요정 코마네치의 수제자였을까? 폭 12cm의 난간에 누워 자면서도 떨어지지 않는 건 타고난 운동신경 때문이리라. "야옹아, 너 거기서 떨어지면 곧바로 추락사한다."

네가 비켜야 일을 하지

야옹이 때문에 내가 손해보는 게 이만저만이 아니다. 컴
퓨터 앞에 앉아서 일을 해야 하는데 이놈이 이런 식으로
방해를 하니 일을 할 수가 있나. 어떤 때는 자판을 마구
밟고 다녀서 다 된 문서를 망치기도 하는 녀석이다. 그래
도 하루 종일 내 곁을 지켜주는 야옹이 덕분에 나는 늘 혼
자가 아니라는 생각을 하며 산다.

아이, 턱이 간지러워요~

벌레가 달라 붙었나? 왜 이렇게 턱이 간지럽지? 바위에
기대어 턱을 비비고 있는 야옹이의 모습. 꼬맹이와 야옹
이는 여러가지로 비교가 된다. 꼬맹이는 숫놈이라 그런
지 노는 것도 천방지축인데 야옹이는 그야말로 요조숙녀
이다. 틈만 나면 혓바닥으로 몸을 닦아댄다. 마치 하루에
도 열두번씩 목욕하는 깔끔이 처녀같이.

제3부
아내가 기가막혀

꼬맹이가 우리 식구가 되고 나서 찍은 사진이니까
아마도 2009년 늦은 봄의 어느 날이다. 꼬맹이는
우리 가족에게 너무나도 많은 즐거움을 선사하며
함께 살다가 올해, 그러니까 2016년 봄에 하늘나
라로 갔다. 발발이 종으로 너무나도 영특했던 꼬맹
이. 그래서 동네 사람들이 '천재강아지'라고 불렀던
녀석이다. 꼬맹아, 사랑한다, 그리고 잘가라!

9

엄마의 추억:
앙꼬 빵 네 개

나는 경기도 오산에서 태어났다. 오산의 가장 남쪽 끄트머리에 있는 갈곳동이라는 동네가 내가 태어난 곳으로 내가 어렸을 때는 갈곳리라고 하여 도로를 사이에 두고 50여 호가 있었다. 물론 말할 것도 없이 모두가 농사를 지으며 살던 농촌으로 마을 한복판에 있는 기와집 한 채를 빼고는 모두 다 초가집이었다.

엄마는 막내인 나를 제일 사랑하셨다. 응석받이인 나는 국민학교(초등학교)를 들어갈 때까지도 엄마의 젖을 먹는다면서 젖을 빨아대기도 했다. 내가 젖을 빨지 못하도록 당신의 젖에 무엇인가 쓴 약을 발라 놓았던 기억도 난다. 가죽만 남은 젖가슴이 무엇이 그리도 좋았을까? 그때의 꼬맹이들에 비하면 요즘의 여덟 살짜리 아이들은 얼마나 영악스러운가. 정말 격세지감이 든다. 당시만 해도 학교에 입학하고 나서도 공부하다가 똥을 싸고 울며불며 집에 오는 아이들도 흔했었는데 말이다. 내가 초등학교에 입학할 때 나를 깨끗이 씻기고 제일 좋은 옷을 입혀서 가슴께에는 손수건을 달아주고 갈곶리부터 오산까지 손을 잡고 나를 데리고 가셨던 엄마의 모습이 어렴풋하다.

엄마는 밭일에 논일에 또 산에 가서 땔감을 구해오는 일에 정말 눈코 뜰 새 없이 하루를 바쁘게 사셨다. 엄마와 동네 근처의 야산을 다니면서 땔감을 구하던 때의 일도 기억에 남는다. 엄마는 나무를 한다며 산을 이리저리 뒤지며 다니고 코흘리개인 나는 소나무 밑에 앉아서 솔바람 소리를 들으면서 누워 있었지. 산 밑의 철길 위로는 가끔씩 서울로 가는 기차가 칙칙폭폭 연기를 내뿜으면서 달려가고, 흰 구름을 바라보며 기차소리에 가물가물 잠이 들만하면 어느 사이에 머리에 하나가득 나뭇짐을 이고 산을 내려오시던 엄마….

내가 체하거나 아프면 오산의 약방에 가서 약을 사와서 그걸 수저 위에 물에 풀어서 (당시는 물약이 거의 없었다) 손가락으로 저어 내게 먹이시던 모습, 오산 장날이면 달걀을 지푸라기 꾸러미에 담아서 머리에 이고 오산 장터에 가서 그걸 팔아 집에서 필요한 일용품들을 사서 돌아오시던 엄마, 그런 엄마의 치맛자락을 잡고 흙먼지 길을 따라서 집으로 돌아오던 나…. 60년 가까이가 흐른 지금은 그 기억조차도 가물가물하다.

1950년대에는 모든 시골집들이 다 아궁이에 불을 때서 밥도 짓고 난방도 했다. 아궁이에 불을 지피면서 연기 때문에 눈물을 줄줄 흘리던 엄마의 모습이 특히나 기억에 남는다. 나 역시도 엄마와 함께 눈물을 흘리면서 아궁이 앞에 쪼그리고 앉아 있곤 하였다. 먼 훗날 내가 60이 되어서 가평으로 이사온 후에 주인 뒤를 졸졸 따라다니는 발발이 '꼬맹이'의 모습이 영락없는 어린 시절의 내 모습인 것 같기만 하여 혼자서 빙그레 웃기도 했다.

엄마는 정말 초인적인 사람이었다. 밥, 빨래, 땔감 마련에 농사일은 물론이고 밤이면 식구들의 옷도 손수 만드셨다. 그렇게 바쁜 중에도 언제 심어 놓으셨는지 집의 뒷마당에는 백일홍, 채송화, 맨드라미, 봉숭아 같은 꽃들이 항상 흐드러지게 피어 있었다. 눈을 감으면 담장에 줄을 타고 피어 올라가던 나팔꽃들이 떠오른다. 밤에 잘 때는 내게 팔베개를 해 주고 이런저런 옛날이야기도 해 주셨다. 나는 엄마가 내 옆에서 코를 골고 자는 모습을 본 적이 없다.

언제나 엄마는 나보다 늦게 잠이 들었고 나보다 일찍 일어나셨기 때문이다.

그런 엄마가 내가 아홉 살 때 돌아가셨다. 몇 달 전인가에 수수밥을 드셨다는데 그게 체한 것이었다. 그때는 먹을 게 너무나도 귀하던 때였다. 그래서 감자나 고구마, 수수 같은 것들을 주식으로 자주 먹었는데 그만 수수밥을 드신 게 체한 것이었다.

오산 읍내에 의원이 하나 있었다. 그러나 동네에서는 병이 나면 의원을 찾기 보다는 의례 굿을 했다. 내 기억에도 날마다 굿을 한다면서 무당이 집에 와서 펄쩍펄쩍 뛰었던 기억이 난다. 체한 것을 빨리 치료를 하지 못하니까 그게 몸 속에서 썩기 시작했다. 여름이었는데 엄마가 누워있는 방에서는 심한 고름냄새가 났다. 위로 누나와 큰형, 작은형, 이렇게 셋이 있었지만 모두 서울에 가서 돈 벌고 공부한다며 떠나고 집에는 나와 아버지만 있었다.

엄마는 참으로 뛰어난 분이었다. 당시 그 동네 50여 가구 부인네들 중에서 한글을 읽을 수 있는 사람은 엄마뿐이었다. 동네 아주머니들이 가끔씩 엄마에게 편지를 읽어달라며 들고 오던 기억이 난다. 엄마 역시도 학교 교육을 받지 못했지만 어떻게 글을 배우셨는지 한글로 된 이야기책도 내게 읽어주시곤 하였다.

엄마는 또 앞을 내다볼 줄 아는 선각자였다. 1950년대에 벌써 딸을 서울의 고등학교(수도여고)에 통학을 시켜가며 공부를 시키던 맹렬 여성이었다. 누나는 나보다 열다섯 살이 더 많다. 당시만 해도 딸은 별로 도움이 되지 않는다고 하여 천시하던 때였다. 갈곳리에서는 당연히 우리 집 뿐이었고, 오산을 통틀어서도 딸을 서울까지 통학시켜가며 공부를 하게 했던 집은 세 집뿐이었다고 들었다. 그뿐이 아니었다. 배워야 한다며 큰형도 서울로 통학을 시켜가며 고등학교를 보내던 엄마였다. 만약에 엄마가 더 오래 사셨다면 나의 인생도 크게 바뀌었을 것이다. 나도 정상적인 교육을 받았을 터이니 말이다.

그런 엄마가 정작 자신이 아플 때는 아무런 조처도 하지 못하고 날마다 누워서 죽을 날만 기다리고 있었으니 지금 생각해도 참으로 이해가 되지 않는 이상한 일이다. 아버지는 일자무식에다 농사만 짓던 분이었다. 집에는 아홉 살짜리 꼬맹이인 나와 아버지뿐이었는데 아버지는 속상하다면서 날마다 술만 드셨다. 지금 돌이켜 생각해보면 참으로 모두가 한심했다. 여기저기 물어서라도 오산의 의원에 다니면 나을 수 있는 병이었는데, 페니실린 주사 몇 번만 맞으면 나을 수 있는 병이었는데 왜 날마다 굿만 하였을까? 당시 스물네 살이던 누나는 왜 지켜만 보고 있었을까?

한번은 서울에 가 있던 사촌형이 앙꼬 빵을 사가지고 엄마를 찾아 왔다. 사촌형이라고는 하지만 나이 차이가 너무 나서 거의 아저씨뻘이었다. 그때만 해도 친척들은 모두 '일가'라고 했다. 일가란 내 집, 네 집의 구분이 없고 그냥 한 식구인 셈이었다. 그래서 나도 사촌 집에 가면 부엌에 들어가서 (어른들은 모두 들에 나갔으니까) 가마솥의 솥뚜껑을 열고 밥이 있으면 꺼내먹곤 하였다. 밥이라야 어느집이나 똑같이 깡보리밥 뿐이었지만.

누런 봉지에 앙꼬 빵 4개가 들어 있었던 기억이 난다. 엄마는 자리에 누워 꼼짝을 하지 못할 때였다. 엄마는 한 개를 들어서 한 입을 베어 먹는 둥 마는 둥 하고 물리치셨다. 내가 바로 옆에서 침을 흘리며 빵 봉지를 쳐다보자 엄마가 날보고 먹으라고 눈짓을 하셨다. 한 개를 먹었다. 생전 처음 먹어보는 단팥이 들어가 있는 빵이니 오죽이나 맛있었을까. 엄마를 또 빤히 쳐다보자 더 먹으라고 고개를 끄덕이신다. 또 먹었다. 그래서 그날 사온 빵 네 개를 내가 혼자서 다 먹었다. 그리고 며칠 후 엄마는 돌아가셨다. 내가 초등학교 2학년 때의 여름이었다.

한여름에 갈곳리부터 선산이 있는 아버지의 고향동네 동탄면 방아다리까지 15리길을 울면서 상여 뒤를 따라갔던 기억이 난다. 지금은 고향동네 모두가 동탄2기 신도시에 편입되어서 흔적조차도 없이 사라져 버렸다. 논길 밭길을 꾸불꾸불 상여가 앞서 나갔고 당시 아홉 살이었던 나는 울며불며 그 뒤를 따라갔다.

그때 나는 무엇 때문에 울었을까? 엄마 드시라고 사온 앙꼬 빵을 혼자서 날름거리며 몽땅 집어믹은 데 대한 후회 때문이었을까? 엄마의 젖을 다시는 만지지 못한다는 아쉬움 때문이었을까?

10

초등학교 42개월, 중학교 6개월, 고등학교 8개월, 그리고 대학에 간 이야기

어머니가 돌아가시고 나서 새엄마가 들어왔다. 내가 열 살 때 일이다. 새엄마에게는 아들 하나와 딸 하나가 있었다. 새엄마로부터 구박도 많이 받았다. 그래도 장화와 홍련이 정도는 아니었다. 집이 싫어서 동탄면의 사촌 집에서도 학교를 다녔고 오산의 오촌 당숙 집에서도 학교를 다녔다. 한마디로 여기저기로 떠돌이 생활을 했던 것이다. 그러다가 2년 후 새엄마도 어디론가 떠났다. 그러자 어찌된 일인지 그 옛날에 꽤 많이 있던 논과 밭도 모두 사라져 버렸다. 한마디로 알거지가 된 것이다.

아버지는 외가 쪽으로 가까운 집에 머슴으로도 가 계셨다. 머슴 생활을 하는 동안은 사랑방에서 함께 지냈다. 거처가 일정하지 않아서 학교도 그만두었다. 아마도 그런 기간이 일 년 가까이 되었던 것 같다. 그 집에는 딸이 두 명 있었는데 작은 딸이 나와 동갑이었다. 나는 공부가 하고 싶어서 그 아이가 학교를 갔다 오면 그 날 배운 것을 꼬치꼬치 캐묻곤 하였다.

한번은 머슴 살던 집에서부터 동탄면 사촌 집을 다녀오는 일이 있었다. 하루를 동탄에서 자고 다음 날 저녁 병점의 머슴살이 하는 집까지 20리 길을 돌아오는데 한여름인지라 길옆의 논에서는 개구리들이 죽어라고 울어댔다. 먼 훗날 ≪서편제≫라는 영화를 보면서 그때 까마득한 옛날 아버지는 앞서고 나는 뒤서고 하면서 논둑길을 걸어오던 때가 생각나서 펑펑 울었다.

아버지와 나는 사랑방을 썼는데 우리 방에는 가재도구랄 것도 없고 달랑 이불 한 채와 옷 보따리 두 개, 그리고 내 책 몇 권이 전부였다. 아버지는 정말 순박하기만 한 농부였다. 겨울밤에는 새끼를 꼬면서 내게 옛날이야기를 해 주셨다. 이런 이야기가 기억난다.

"…새벽 삼경이 되자 시뻘건 불덩어리가 동쪽에서부터 솟아 오더란다. 사냥꾼이 활을 들어 불덩이를 쏘아서 떨어트렸는데 떨어진 걸 보니 천년 묵은 지네였더란다…."

어려서부터 아버지, 엄마의 옛날이야기를 듣고 자란 게 후일 내가 소설가가 되는 토양이 되지 않았나 하는 생각도 가끔씩 해 본다.

아버지와 나는 내가 열세 살 때인 1962년에 서울로 왔다. 그때는 큰형과 작은형이 금호동 판자촌에서 살고 있었다. 홀아비 하나에 아들 셋, 방 하나에 남자만 네 명이서 정말 궁상맞고 어렵게 살던 때였다. 그러다가 큰형이 형수를 맞이했다. 그때부터 스무 살이 될 때까지 큰형수가 나를 키워 주었다. 우리 형제들도 아버지도 모두 고생을 했지만 특히나 큰형수는 엄청나게 고생을 했다. 당시는 집집마다 수도가 없고 산 밑의 평지(지금의 금호역 아래 쪽)에 공동수도가 달랑 하나 있었다. 공동수도 하나를 산동네의 수백 가구가 함께 쓰는 것이다. 물 긷는 일은 나와 큰형수의 차지였다. 날마다 공동수도에서부터 물을 지게에 지고는 까마득한 산꼭대기 우리 집까지 나르느라 형수도 나도 등허리가 벗겨지고 굳은살이 박이기까지 했다.

나는 열세 살 때부터 스무 살 때까지 이런 저런 공장도 많이 다녔다. 금은보석 세공하는 공장도 다녔고 가구공장도 다녔다. 가구공장에서 먹고 자기도 했다. 침실이 따로 없었다. 밤이 되면 공장 바닥에 합판을 깔고 자야했다.

성수동에 있는 공장을 다닐 때는 하루 4시간씩을 걸어 다녔다. 열다섯 살짜리 꼬마의 걸음으로 지금의 금호동에서부터 저 멀리 성수동까지 도시락을 하나 싸 가지고 걸어 다녔다. 세월이 한참 흘러서 확인해 보니 지금의 금호역 위 산꼭대기에서 부터 지금의 성수역 근처까지 그 먼 곳을 날마다 어떻게 걸어 다녔는지 신기하기도 했다.

그러던 중 큰형이 전축 만드는 기술을 배우고 전축 가게를 차려서 나는 그곳에서 점원으로 근무했다. 당시는 진공관으로 만든 전축이 유행이었다. 전축이 있느냐 없느냐가 부의 척도로 인식되던 때라서 웬만큼 산다하면 호마이카 케이스 전축을 집집마다 월부로 들여 놓곤 하였다. 천일사의 '별표전축'이라는 전축이 특히나 잘 팔렸던 기억이 난다. 한참 배움에 목말라 있던 나는 한국전파학원이라는 데를 다녀서 전축 만드는 기술을 배웠다. 지금의 종로 2가 국세청 건물 바로 옆에 있던 장안빌딩이라고 기억된다. 기술을 배운 후부터 나는 판매사원 겸 할부금 수금사원 겸 고장이 나면 수리까지 하러 다니는 수리기사의 세 가지 역할을 하였다. 대략 열일곱 살부터 스무 살이 될 때까지의 일이다.

그렇게 살던 중, 내 나이 스무 살 봄에 누나가 나를 고등학교 3

학년에 편입학시켰다. 왕십리에 있던 성동상업전수학교였는데 지금은 없어졌다. 아이가 똑똑하기는 한 데 초등학교 졸업장 한 장 없으니 앞으로 어찌 살까 하고 걱정하면서 넣어 준 학교였다. 중학교 졸업장이 없으니 학교에서 중학교 졸업장을 저 멀리 포천의 무슨 중학교인가 하는 데서 돈 주고 샀다고 했다. 당시만 해도 그런 일이 가능하던 때였다.

누나는 매형과 결혼하여 그때 태평양화학의 아모레화장품 대리점을 하여서 어느 정도 안정이 되어가던 때였다. 성동대리점이 었는데 당시만 해도 성동구가 지금의 중구의 일부는 물론 광진구, 그리고 강 건너 강동구와 송파구까지도 포함하는 어마어마하게 넓은 지역이었다.

4월이었는데 학교를 처음 가보니 학기는 이미 시작되어서 한참이나 수업이 진행 중에 있었다. 초등학교 4학년 중퇴자가 고3반에 들어갔으니 얼마나 격차가 컸겠는가 짐작해 보시기 바란다. 며칠 동안을 울면서 학교를 다녔다. 그러나 조금 지나보니 따라갈 것도 같았다.

그래도 배움에 대한 열망이 있었던지라 지금의 외환은행 본점 자리에 있던 중앙고등공민학교 야간부를 수년 전에 여섯 달 동안

다녀서 중학교 1년 과정은 어렴풋이 터득하고 있던 차였다. 동대문 광장시장에서 양말장사를 노점으로 하고 있던 작은 형이 어렵사리 입학시켜 준 학교였지만 그나마도 돈이 없어서 여섯 달만 다니고 그만 두었다. 그 학교는 3년 과정을 1년 반 만에 마치는 속성 과정의 학교였다.

내가 입학한 성동상업전수학교에는 노는 아이들이 많이 있었다. 처음 두 달을 다녀 본 나는 학교 보다는 학원에 가서 공부하는 게 더 효율적이라는 판단을 했다. 단기간에 고등학교 과정을 마치려면 종로에 있는 종합반에 들어가서 공부를 해야만 할 것 같았다. 그래서 학교에는 돈만 내고 종로의 제일학원 종합반에 들어갔다. 거기서 죽기 살기로 공부에만 매달렸다. 전축가게 수금사원 일은 내가 학원을 들어갈 때인 5월까지도 계속하면서 공부를 했다. 밤 10시에 학원공부를 끝내고 이태원의 어떤 집에 들러서 수금을 하고 두 시간을 터벅터벅 걸어서 금호동 집까지 온 적도 있었다.

6월에 들어서서는 이래서는 안 되겠다는 생각을 하고 작은형이 살고 있는 신당동의 하숙방으로 옮겨와서 공부에만 전념을 했다. 하루 4시간만 잤다. 새벽 2시에 자고 아침 6시에 일어났다. 그리고 하루 종일 학원에 다니면서 공부만 했다. 종합반 공부와 단과반 공부를 병행했다.

학교에서 여름방학이 끝난 후 시험을 본다고 했다. 전 과목을 다 보는 시험이었는데 나도 꼭 시험을 보아야만 한다는 것이었다. 그런데 놀랍게도 시험 결과를 보니 나는 거의 상위권에 있었다. 어떻게 이럴 수가! 그 두 달 전, 그러니까 여름 방학 전에 군대 입대 신체검사를 받았다. 경복궁 건너편의 육군수도통합병원이었다. 박정희 대통령이 김재규의 총에 맞았을 때 처음으로 모시고 간 병원이다.

여름 내내 정말 오로지 공부만 했다. 다행히도 누나가 학비 일체를 다 대 주었고 작은형이 또 뒷바라지를 해 주었기에 그 모든 게 가능했다. 내게는 일 분, 일 초가 너무나도 소중하던 때였다. 8월에 이미 나는 다음 해 3월 8일에 군에 입대하는 걸로 소집영장이 나와 있었다. 당시만 해도 군대를 연기하는 일은 꿈도 꾸지 못할 때였다. 이번 기회를 놓치면 나는 더 이상 대학을 갈 수 없을 것이다. 제대하면 스물네 살이 되지 않는가.

그때만 해도 예비고사라는 게 있었다. 대학입학시험을 치를 수 있는 자격시험이었다. 전국의 고등학교 졸업예정자들과 재수생들을 대상으로 치루는 시험으로 대략 절반이 붙고 절반이 떨어진다고 했다. 당시 일류라고 하던 경기, 서울, 중앙이나 이화, 숙명같은 학교의 학생들은 그 시험에서 떨어지면 그게 창피한 사건이 되는 시험이었지만, 우리 같은 3류, 4류 학교 출신들에게는 그야말로 거기 붙는 게 오히려 경사가 되는 그런 시험이었다.

1970년 11월 중순 경에 제2회 전국대학입학자격 예비고사를 보았다. 내게는 예비고사가 무척이나 힘들었다. 전 과목을 다 보아야 하니 4월 중순부터 11월 중순까지의 겨우 일곱 달이라는 단기간에 그 모든 과목을 다 마스터하기란 사실상 불가능했다. 그러나 나는 당당히 합격했다. 우리학교는 3학년이 모두 10개 반에 500명이 넘었다. 주간과 야간으로 취업반이 아홉 개 반이었고 진학 반은 우리 반 하나뿐이었다.

모두 11명이 붙었는데 학교에서는 진입로 네 군데에 '축합격'이라는 프랭카드에 우리 합격자들의 이름을 적어 놓았다. 마치 사법시험에 붙은 동네 출신을 격려해주려고 마을에서 붙여놓은 프랭카드처럼. 학교를 간 일이 별로 없으니 담임선생님을 제외한 다른 선생님들은 '최대석이가 누구지?' 하면서 수군대셨다고 한다. 그리고 한 달 후 대학입학시험을 보아서 나는 당시 경쟁률이 제일 높았던 무역학과에 아주 좋은 성적으로 합격하였다.

1971년 3월 2일에 중앙대학교 입학식을 마치고 3월 8일에 군대를 갔다. 1974년 1월 24일에 제대를 하고 3월 4일에 복학을 하여서 1학년부터 다닐 수가 있었다. 모든 게 착착 맞아 떨어졌다. 1학년을 마치고 2학년에 올라가니 그때부터 하나 둘, 군에 갔다 온 친구들이 복학하기 시작했다. 군대를 갔다 온 동창들도 모두 나보다 두 살 정도가 어렸다.

4년을 죽어라고 공부했다. 영어회화를 배우겠다고 녹음기를 들고 파주 문산 등지를 돌아다니면서 미군들을 만나곤 했다. 그리고 현대그룹을 입사했다. 그때에는 나이 제한이 있어서 내가 입사시험을 보던 때의 나이 요구조건이 '1950년 1월 1일 이후 출생한 자'였다. 내가 1950년생이니까 한 해만 더 늦었어도 대기업 입사는 포기해야 할 판이었다. 당시만 해도 공무원이나 은행원은 인기가 없어서 그런데 붙었다고 하면 창피하다면서 동창들 모임에 참석하지도 못할 때였다. 이건 정말 격세지감이다.

지금 내가 이렇게 사회에서 당당히 한 명의 성공한 사회인으로 대접을 받고 (만약에 내 삶을 성공한 삶이라고 할 수 있다면) 세상을 살아오게 된 것도 따지고 보면 다 우리 누님의 덕분이다.

누님은 당시 신당동의 2층집에 살고 있었다. 누님에게는 나보다 열 살이 아래인 조카가 있었는데 조카와 나는 2층에서 한 침대를 썼다. 내가 군대를 제대한 때인 스물네 살부터 결혼 전인 스물아홉 살까지이니까 장장 6년 동안을 한 침대에서 생활한 것이다. 조카는 서울대학교를 졸업하고 서울대학교에서 토목공학으로 박사학위를 받았다. 지금은 중견 설계회사의 대표로 있다. 주로 인천대교와 같은 대형 다리를 설계하는 회사이다. 아마도 엄마의 교육에 대한 DNA가 누님의 피 속에도 흐르고 있었던 게 아닌가 싶다.

그래도 성동상업전수학교라는 학교가 지금은 사라졌지만 거기에서도 잘 된 친구들이 꽤 있다. 옆자리에 앉았던 내 짝은 졸업하고 군대를 다녀와서 경찰대학에 입학하여 계속 승승장구하고 경무관을 달고 청와대에서 치안비서관을 했다. 그리고 또 진급하여 치안감이 되어 모 광역시의 경찰청장을 한 후 경찰을 떠났다. 또 내 뒷자리에 앉아 있던 친구는 졸업 후 1년 재수하여 서강대 무역학과를 졸업하고 반도상사라는 종합무역회사를 들어갔다. 그리고 LG증권에서 상무를 끝으로 회사를 퇴임하였다. 두 친구들 모두 다 나보다는 두 살이 아래이다. 유유상종(類類相從)이라는 말처럼 공부를 열심히 하는 사람은 주변에 공부를 좋아하는 친구들이 모이게 마련인가 보다.

11

극단적인 선택을 하지 말라. 세월이 해결해 준다

서른여섯 살부터 지금까지 교회에 열심히 다니지만 50대에 청년부장을 하던 5년 동안이 내가 믿음생활을 가장 열심히 하던 때가 아니었나 싶다. 그때 나는 서울 성북구에 있는 한 중형교회에서 청년부장을 맡아 봉사하고 있었다. 대학생과 대학원생 40여 명이 나왔다. 그러던 것을 나와 아내가 정말 헌신적으로 봉사하고 나니 5년이 지나자 청년부 출석인원이 120명까지 부흥되었다. 담임 목사님과 장로님들도 청년부의 일이라면 전폭적으로 밀어주셨다.

청년부장은 청년부 담당 목회자를 도와 청년들에게 인생의 선배로서 멘토 역할을 해 주는 게 주 임무이다. 그것도 딱히 역할이 정해져 있는 것은 아니고 그냥 청년들과 함께 찬양하고 예배드리고 이런 저런 행사 때 함께 어울려 다니면서 놀아주면 되는 일이다. 청년들에게 밥 사주고 차 사주고 하느라고 돈도 많이 썼다. 나와 아내가 정말 혼신의 힘을 다해서 청년들을 섬겼다. 이런 저런 모임에 참 많이도 따라다녔다. 일 년에 몇 차례씩 다니는 수련회, 기도회 등등으로 전국의 유명한 기독교 성지는 거의 다 다녔다.

청년부장을 하면서 아이들에게 강의도 많이 했다. 믿음의 선배로서 성경을 풀어 설명할 때도 있었지만 그 역할은 청년부 담당 전도사나 목사들이 더 잘 했다. 내가 아이들에게 그래도 영향을 많이 주었다고 지금도 뿌듯하게 생각하는 것은, 인생의 선배로서 청년들의 삶의 방향을 어느 정도 올바로 제시해 주었다는 사실이다. 그때 나는 아이들에게 인생의 고난은 잠시 잠간 스치고 지나가는 것일 뿐, 영원히 계속되지는 않는다는 점을 강조하였다. 내가 살아보니 정말 못 견딜 것 같았던 위기나 역경도 시간이 지나면 다 해결된다는 진리를 터득한 것이다. 그중 아주 기억에 남는, 극단적인 선택을 한 어떤 사람들의 두 가지 가슴 아픈 사건을 이야기 하겠다.

내가 군대에 있을 때, 그러니까 입대한 지 1년쯤 지난 1972년 여름의 일이다. 그때 나는 파주에 있는 보병제1사단 의무중대에서

위생병으로 근무하였는데 당시의 복무기간은 35개월이었다. 지금만 해도 파주가 대도시로 변했지만 1972년의 파주는 아주 시골 농촌이거나 첩첩산중 산골마을이 대부분이었다. 집들도 거의 다가 초가집이었다. 서울로 통하는 통일로라고 하는 도로를 군 공병대와 민간 건설회사에서 막 닦고 있을 때였으니까.

부대에서는 여름철이면 매주 한 번씩 대민봉사를 나갔다. 파주 인근의 무의촌 지역에 가서, 사실 거의 다가 무의촌이지만, 민간인들을 진료해 주고 약도 나누어주고 오는 작전이었다. 대민봉사의 좋은 점은 무엇보다도 민간인들이 해 주는 맛있는 쌀밥과 막걸리를 먹을 수 있다는 점이었다. 그래서 부대원들 모두가 매주 대민봉사 요원으로 차출되려고 경쟁이 치열하였다.

한번은 광탄의 용미리라는 마을에서 대민진료 업무를 마치고 막 동네를 뜨려고 할 때였다. 그러니까 5시 정도가 되었을 것이다. 이웃마을에서 급한 전화가 왔다면서 이장님이 우리가 있는 진료 본부를 헐레벌떡 찾아왔다. 이웃마을의 한 처녀가 농약을 마셔서 죽어간다는 것이었다. 우리들은 그날 작전에 타고 온 앰뷸런스와 쓰리쿼터를 타고 흙먼지를 일으키면서 그 동네로 달려갔다.

동네 입구에 가니까 벌써 사람들이 앰뷸런스 소리를 듣고 마을 입구에 나와 있었다. 그분들이 안내하는 집으로 군의관님을 위시하여 우리들 9명이 뛰어가는데 집 입구에서부터 이상한 소리가 들리기 시작하였다. 마치 짐승의 울부짖음 소리 같기도 하고 태풍이 불어올 때의 비바람소리 같기도 한 소리가 초가집 담장 너머에까지 들리는 것이었다.

집안으로 안내되어 들어가 보니 그 소리는 안방에서 나는 소리였다. 안방에는 단발머리의 처녀가 이불을 반쯤 덮은 채로 누워 있었는데 처녀는 정말 무지무지하게 거친 숨을 몰아쉬고 있었다. 벌어진 입과 코에서는 연신 짐승의 울부짖음 같은 신음소리와 함께 콧물이 분무기에서 물이 뿜어져 나오듯이 튀어나오고 있었다. 군의관님이 곧바로 링거주시를 놓고 응급조치를 취했다. 그리고는 환자를 앰뷸런스에 실어서 우리 의무대가 있는 용주골로 후송하였다. 그러나 우리들이 정성을 다하여 위세척을 하였지만 끝내 처녀는 그날 밤을 넘기지 못하고 죽고 말았다.

열일곱 살 꽃다운 처녀가 죽은 사연은 아주 간단했다. 당시는 판탈롱이라는 바지가 유행했다. 지금은 사람들의 기억 속에서도 사라진 패션이지만 바지의 아래쪽이 넓은, 약간은 나팔모양으로 생긴 바지였는데 중학교를 졸업하고 집에서 살림을 돕고 있던 여자아이는 그 바로 얼마 전부터 판탈롱 바지를 사 달라고 엄마에게 떼를 썼다는 것이다. 그런데 집안 형편상 그걸 사 줄 수 없다고 거절당하자 그만 홧김에 광에 들어가서 농약을 먹어 버린 것이었다.

또 한 사건은 내가 중동의 사우디아라비아에 있을 때 일어났다. 그 전까지 나는 대학을 졸업한 후 현대자동차에 입사하여 중동지역에 포니를 수출하러 돌아다녔다. 자동차 수출이라는 것이 당시만 해도 초창기였고 또 어느 한 사람의 힘으로 할 수 있는 것도 아니어서 우리 중동 팀 6명이 1년에 서너 차례씩 중동 지역을 쉴 새 없이 헤집고 다녀야만 하던 때였다. 바레인으로부터 쿠웨이트, 사우디아라비아, 요르단, 예멘, 오만, 아부다비, 두바이, 카타르 그리고 홍해를 건너 지부티, 이집트, 리비아 다시 지중해의 그리스와 사이프러스까지가 우리 중동팀의 담당지역이었다.

그러나 그렇게 몇 달씩 출장을 다녀 보았자 실속은 별로 없었다. 해외를 나가는 것이 하늘의 별따기 만큼이나 어려웠던 때에 외국구경을 하고 힐튼, 쉐라톤, 메르디앙 등, 유명 호텔에서 먹고 잔다는 우쭐함 외에는, 그리고 월급이 집으로 나오는 것 말고는 더 이상 보상이 없었던 것이다. 반면에 가끔씩 현대건설의 지사가 있는 바레인, 쿠웨이트, 사우디아라비아의 지사를 방문해 보면 거기는 그야말로 별천지였다. 당시는 현대건설뿐만이 아니라 모든 건설 회사들이 중동 붐이 한창 일고 있을 때여서 현장에서 1년만 고생하면 도곡동의 연탄아파트를 한 채씩 산다고 할 때였다.

기왕 젊어서 고생할 바에야 돈을 많이 벌 수 있는 건설회사로 옮기기로 하였다. 그래서 옮긴 회사가 진흥기업이라는 회사였다. 내가 직장을 옮긴 1981년 당시 현대자동차나 진흥기업 모두가 연 매출액 2천억 원으로 규모가 비슷한 회사였다. 지금은 현대차가 100조 원 가까운 매출을 올리고 있는 초일류기업이 된 반면 진흥 기업이라는 회사는 겨우 7천억 원을 넘기는 회사로 격차가 벌어 졌지만 말이다.

사우디의 수도 리야드 외곽에 육군사관학교를 짓는 공사현장에 영문행정 요원으로 나갔다. 건설회사로 옮기니 당장 월급이 2.5배 요, 현지에서의 수당까지 합치면 거의 3배에 달하는 돈이 꼬박꼬 박 집으로 송금되었다.

진흥기업에 입사하여 사우디아라비아의 리야드 현장에서 근무 하다가 두 번째 휴가를 나왔을 때의 일이다. 1983년 4월이라고 기 억된다. 내가 사우디에 가고부터 아내가 원체 알뜰히 살림하면서 (거의 송금액 모두를) 저축했던지라 그때 벌써 강동구에 있는 둔

촌동 주공아파트를 샀다.

그때 함께 휴가 나온 입사동기가 있었다. 그 친구는 건축을 전공한 엔지니어로 나보다 한 살이 많았다. 그런데 우리들이 휴가 떠나기 며칠 전에 회사에서 과장 진급발표가 있었다. 당시 현장에는 직원들이 200명, 기능공들과 인부들이 2,000명 쯤 있었는데 그중 우리와 같은 직급인 대리들은 50명 정도가 있었다. 그 50명 중에서 10명이 조금 넘는 인원이 과장으로 진급하였는데 우리 낙오자들은 기분이 나쁘다면서 하루를 보이콧하고 사무실 출근을 하지 않았다.

그러던 차에 그 친구와 내가 한국으로 휴가를 나오게 된 것이었다. 당시 회사의 휴가제도는 현장 파견 후 처음 10개월이 지나면 20일을, 그리고 그 다음부터는 매 6개월마다 15일씩의 휴가를 주었다. 그런데 15일간의 휴가를 마치고 김포공항에서 비행기를 탔는데 당연히 있어야 할 그 친구가 보이지를 않았다. 현장에 도착하고 나서 며칠이나 흘렀을까? 그 친구가 죽었다는 안타까운 소식이 전해졌다. 그 사연은 정말 너무나도 어처구니가 없었다.

그 친구는 나보다 직장경력에 있어서 2년이 선배였다. 아들과 딸도 하나씩 두고 있었다. 하루는 진급에서 누락된 스트레스도 풀

겸 머리를 식힌다며 울릉도를 다녀오겠다고 하더란다. 그런데 휴가기간이 다 끝나가도 돌아오지를 않는 것이 아닌가. 친구의 아내는 진흥기업 본사에 전화를 해서 남편이 아직 돌아오지 않는다고 알려 주었다. 본사에서는 출발날짜가 지나자 마자 울릉도로 직원 두 명을 파견하였다. 1983년이니까 휴대전화나 CCTV 같은 것은 태어날 꿈도 꾸지 못하던 때였다.

울릉도에 도착한 직원들이 그 친구의 이동경로를 추적하여 보니 인상착의가 비슷한 사람을 보았다는 목격자가 나왔다. 구멍가게 주인이 하는 말이, 며칠 전 자기네 가게에서 어떤 청년이 소주 한 병과 오징어 한 마리를 사가지고 산으로 올라갔다는 것이었다. 그래서 거기서 일러준 대로 산을 올라가 보니 무덤 근처에 그 직원이 몸을 웅크리고 죽어 있더라는 것이었다. 홧김에 산에 올라가서 소주를 마시고 산을 내려오다가 어두워지니까 길을 잃고 산을 헤맨 것이었다. 4월 중순의 저녁이라 날씨가 추웠던지 그가 죽은 자리 근처에는 잔디를 긁어모으고 성냥으로 불을 피운 흔적이 있더란다.

독자들로서는 지금의 현실과 대비해보면 참 이해가 되지 않는 일일 것이다. 사람이 실종되었으면 경찰에 실종신고를 하면 될 것이고 더군다나 울릉도라는 지역이 명확한 바에야 왜 회사 직원이 그곳까지 출장을 가서 행방불명된 직원을 수소문해야 하느냐는 의문이 당연히 생기리라. 그러나 1983년 당시만 해도 우리나라의 치안력이 그만큼 미약하였다. 그러니 목마른 놈이 우물을 팔 수밖에 더 있겠는가.

지금 생각해 보면 참으로 어이없고 허망한 사건들이다. 그리고 내가 일생을 살아오면서 타산지석으로 삼고 있는 애석한 사건들이다. 지금 누가 판탈롱바지를 입기나 하는가? 그 처녀의 부모도 평생 두고두고 땅을 치며 후회할 것이다. 그때 딸이 사 달라고 할 때 사 줄 것을, 그깟 돈 몇 푼 때문에 딸아이를 시집도 못 보내고 죽게 만들다니 하고 말이다. 진흥기업 동기는 또 어떠한가? 우리 대리들은 그 다음 해에, 그리고 다음 다음 해에 모두 과장으로 진급하였다. 그리고 그 후 귀국하여 모두 뿔뿔이 흩어졌다. 그 사건 후 10년 정도가 지났을 때 그때까지도 진흥기업에 근무하는 동기들은 거의 없었다. 지금 생각해보니 참으로 어리석은 짓이었다. 1~2년이 지나면 자동적으로 진급이 될 것을 무얼 그리 거기에 큰 의미를 두었는가 말이다.

12

하얏트호텔 로비의
키스 소리

　나는 사회생활을 하면서 이런 저런 꽤 많은 직장경험을 했다. 첫 번째 직장인 현대차에서 포니를 수출하는 수출역군으로서 3년, 두 번째 직장인 진흥기업에서 사우디아라비아 현장에서 5년, 그리고 세 번째 직장인 미국계 바잉오피스에서 다시 5년을 있었다. 그리고 마지막 직장으로 S서적에서 외국서적을 수입하는 업무로 꼬박 15년을 근무하였다. 대학을 졸업하고 한 우물만 판 동창들보다 안정감은 떨어졌지만 나름대로 이러저런 다양한 경험을 할 수 있어서 좋았다. 그래서 나는 지금도 인생의 후배들이 물어온다면 서슴없이 다양한 경험을 해 보는 쪽으로 권하고 싶다.

　그래도 총 28년의 직장생활 중에 변하지 않는 키워드가 둘 있으니 그건 바로 영어와 무역이라는 스킬이다. 자동차를 수출하는 일도, 건설현장에서 미국인 감독관들을 상대로 영문행정을 하는 일도, 바잉오피스에서 미국인 바이어들과 상담을 하는 일도, 그리고 서적회사에서 외국에서 온 출판사 대표들을 상담하거나 프랑크푸르트 도서박람회장을 돌아다니며 수입할 책을 고르는 일도, 결국 그 베이직 툴은 영어였다. 그러므로 사실 내가 여러 군데에서 직장생활을 했다고는 하지만 그 근본을 따지고 보면 나는 평생 '무역'에 종사했다고 볼 수 있다.

이제 소개하는 일화는 내가 미국회사의 한국지사에서 근무할 때의 일이다.

중동 건설현장에서 5년간 근무를 마치고 한국에 왔다. 1986년 8월의 일이었다. 막상 국내에 들어오니 나와 같은 영어전문가가 할 일이 별로 없었다. 계속해서 대형 해외 프로젝트들이 생겨나야 하지만 진흥기업에서는 새로운 계약을 따지 못했다. 그러지 않아도 나는 귀국하면 나의 전공인 무역 업무를 다시 찾아가야겠다고 생각하고 있던 참이었다. 마침 그때 신문에 외국계 회사의 구인광고가 났다. 당시는 구인광고를 거의 다 신문을 통하여 했다. 지금의 서소문 대한항공 건너편에 있는 유원빌딩 9층에 자리 잡고 있는 회사였다. 면접을 하러 가 보니 전철역이 회사건물의 지하까지 연결되고 전체직원은 40명 내외의 아주 쾌적한 회사였다. 꼭 그 회사에 입사하고 싶었다.

수백 명의 지원자가 온 중에 단 한 명을 뽑는 면접이었다. 처음부터 끝까지 영어로만 진행되는 면접을 두 번이나 치른 끝에 나는 당당히 합격하여 그 회사에 입사하게 되었다. 입사 후에 이야기를 들어보니 최종 면접대상자로 5명을 추려 놓았단다. 그중에서 나는 선발예정자들 중에 제일 나이도 많았다고 했다. 당시 그 회사는 미국의 백화점 바이어들을 상대로 한국의 수출상품을 알선해 주는 일을 하고 있었다.

뽑으려고 했던 포지션은 주력 품목인 의류와 핸드백을 제외한 일반상품 전체를 총괄하는 담당자(MR: Market Representative)였다. 당연히 해당 업계의 경력이 최우선 고려대상이었다. 물론 나는 바잉오피스 경력이 전무했다. 그런 기준으로 1~4번 후보자가 선정되었고 나는 (영어소개서가 훌륭하니) 그냥 예비로 5번에 넣어 둔 것이라고 했다. 그런데 1번 후보자를 면접해보니 바잉오피스 업계의 경력도 충분하고 상품에 대한 지식도 넘쳐나는데 연봉을 너무나 많이 요구해서 어그러졌다고 했다. 2번부터 4번까지는 영어실력도 그저 그렇고 또 상품지식도 썩 만족스럽지 않아 나까지 면접순서가 오게 되는 행운이 따른 것이었다. 나를 면접해 본 관계자들은 이구동성으로 해당분야에 경력은 없지만 영어실력도 좋고 또 의지도 강력하니 뽑아보자는 쪽으로 의견의 일치를 보았다고 했다. 그래서 나에게 1986년도, 내 나이 서른일곱 살에 미국계 회사에 입사하는 영광이 주어진 것이다.

회사에 입사하니 제일 먼저 나에게 영어이름이 필요하다며 이름을 지으라고 했다. 미국인들에게 '대석 최'니 '창수 김'이니 '영희 박'이니 하면 기억을 하지 못한다는 것이었다. 사무실에서 가만히 다른 직원들이 서로를 부르는 호칭을 들어보니 모두가 영어이름뿐이었다. 이런 식이었다.

"애 샐리야!"

"나 불렀어? 수잔 언니?"

"모니카가 갖고 온 샘플 스와치 어디다 두었니?"

푸하하! 여기가 무슨 양공주 촌도 아니고…. 그래서 내게 주어진 이름이 다니엘이었다. 성경 다니엘서에 나오는 주인공 이름이 다니엘이다. 지조와 절개를 굽히지 않는 신실한 사람의 대명사 다니엘, 그때부터 다니엘은 나의 이름이 되었다.

그런데 미국회사에서 근무를 해 보니 이건 국내회사와는 근무 분위기가 너무나도 틀렸다. 월급도 많은 데다가 점심시간도 무려 두 시간이었다. 규정상으로는 한 시간 반이지만 전체 40명 중 여자가 30명이다보니 점심 먹고 근처 동방플라자에서 쇼핑하는 직원, 딸아이 유치원에 다녀와야 한다며 나가는 직원, 친구가 찾아와서 차 마시면서 한 시간 이상씩 노닥대는 직원 등등…. 국내 기업에서만 있었던 나로서는 처음에는 잘 적응이 되지 않았다. 1986년 당시에 토요일에 쉬는 회사는 외국계 회사뿐이었다. 그래도 자기가 맡은 일만은 철두철미하게 해야 하는 미국계 회사만의 조직문화는 배울 점이 많았다. 영어공부도 엄청나게 해야했다. 영어도 말만 잘 한다고 되는 일이 아니었다. 식사 때의 매너, 바이어들이 좋아할 이야기거리 등등을 꿰고 있어야 했다. 특히나 영어로! 더 어려웠던 점은 바이어들의 90%가 여성들이라는 점이었다. 여성의 특성상 모든 일에 엄청나게 신경을 써야만 했다.

내가 해야 하는 업무는 바이어들이 오면 그들을 서울이나 인천의 공장으로 데리고 다니면서 상담을 하는 일이었다. 결국 바잉오피스란 일종의 수출대행업인 셈이다.

입사한 후 처음으로 아주 큰 바이어가 온다고 했다. 바이어들

중에서 가장 입이 거칠기로 소문난 그야말로 Big Mouth라고 했다. 이름은 수잔 맥켄나! 그 바이어를 극진히 잘 모셔야 한다며 부장이나 지점장이 나에게 아주 신신당부했다. 수잔은 당시 전 세계를 돌면서 키친 장식품을 개발하고 있었다. 그 중 구리로 된 장식품은 그때만 해도 포루투칼이 제일 강국이었고 그 뒤를 한국이 추격하고 있었다.

나는 수잔이 오기 전부터 그녀에 대하여 되도록 많은 정보를 입수하여서 분석해 놓고 있었다. 사전에 인천과 부평의 공장들도 여러 차례 방문하여 그녀가 미리 의뢰해 놓은 샘플의 제작상황도 체크해 놓았다. 또 하루의 일과가 끝나면 저녁식사는 어디에서 할 것인지, 식사 때는 어떤 이야기를 할 것인지, 그 주제까지도 미리 구상하였다.

입사한 지 한 달 정도 된 1986년 10월, 드디어 그녀가 왔다. 픽업을 할 장소는 하얏트호텔 로비. 당시 회사에서는 바이어들이 오면 렌트카를 대여해 주었다. 그러므로 운전이나 행선지로 가고 오는 문제는 운전기사들이 다 알아서 하므로 나는 그런 것에는 신경을 쓸 필요가 없었다. 아침에 미리 가서 로비에서 그녀를 기다렸다. 9시가 조금 넘은 시간에 엘리베이터 문이 열리면서 무려

150kg의 거구를 뒤뚱거리며 수잔이 걸어 나온다. 사람들의 수군거리는 소리가 내 귀에 들려온다.

"어머, 어머! 저 여자 좀 봐."

"저렇게 뚱뚱한 여자도 있네."

"우와~ 엄청나다!"

그때만 해도 한국에는 뚱뚱한 사람들이 별로 없을 때였다. 그래서 그렇게 뚱뚱한 사람들을 보면 사람들이 수군거리곤 했다. 지금은 많이 변했다. 외국인들도 흔하고 또 뚱뚱한 사람들도 원체 많기 때문이다. 더더욱, 요즈음은 다른 사람들의 외모나 옷차림에 사람들이 별다른 반응을 보이지 않는다. 그야말로 30년 사이에 세상이 엄청나게 변한 것이다.

호텔 로비에 있는 사람들의 시선이 수잔에게 일시에 쏠리고 있는 순간, 나는 그녀에게로 날쌔게 달려가면서 큰 소리로 외쳤다. 그리고 그녀를 끌어안았다. 이미 팩스나 전화로는 수십 차례 교신이 있던 터였다.

"하이, 수잔!"

"하이, 다니엘!"

"쪽~"

"쪽~"

맨 처음에는 정말이지 죽고만 싶었다. 그건 못 할 것만 같았다. 그때 지점장님의 얼굴과 아내의 얼굴이 교차하며 떠올랐다. 수많은 사람들이 쳐다보는 가운데 외국여자와 쪽~ 소리가 나게 키스를 해야 한다니. 그것도 예쁜 여자라면 오죽이나 좋겠는가. 당시 수잔은 50대 초반의 수퍼 뚱보였다. 오죽하면 이코노미 석은 자리가 비좁아서 (궁둥이가 끼어서) 앉을 수가 없다며 항상 비즈니스 석으로만 여행을 하는 여자였다.

그러나 그것도 처음에만 그럴 뿐이었다. 몇 번 해 보니 오히려 재미있었다. 가끔씩은 예쁜 여자 바이어들도 있었다. 그런 바이어들을 맞이할 때는 마치 내가 영화배우라도 되는 기분에 빠져들기까지 하였다. 수많은 사람들이 지켜보고 있는 가운데 힐튼, 웨스틴조선, 하얏트 호텔 로비에서 외국인 미녀와 쪽~ 소리가 나게 키스를 할 수 있다니, 이 얼마나 근사한 일인가!

첫 바이어인 수잔 맥켄나와 3일 동안을 서울 인근의 공장을 돌아 다녔다. 그리고 저녁마다 호텔에서 식사를 했다. 마지막 4일째는 회사에서 총평을 하는 날이다. 원체 영향력이 큰 바이어이다 보니 지점장님도 합석하는 자리였다. 지성이면 감천일까? 수잔은 그 자리에서 나에 대한 칭찬을 입에 침이 마르도록 해 주었다. 다니엘 같은 직원을 왜 이제야 뽑았냐며 내년 3월에 뉴저지에서 열리는 스프링페어에는 반드시 다니엘을 보내라는 둥, 그야말로 극찬의 연속이었다. 지점장님도 입이 쭉 찢어지셨다. 그도 그럴 것이. 바이어들이 일본, 대만, 홍콩, 한국, 싱가폴 등, 지사들을 투어하며 그곳에서 받은 서비스에 대하여 만족한 평가를 본사 쪽으로 해 주면 결국 그 평가는 고스란히 해당 나라의 지점장이 받게 되기 때문이다.

그 후 바잉오피스에서 근무하는 5년 내내 수잔은 내가 미국을 갈 때나 또는 그녀가 한국을 올 때나 언제든지 나에게 가장 잘 해 주는 '베스트 바이어'가 되어주었다. 그때 나는 깨달았다. 동서양을 막론하고 무슨 일에든 정성을 다하면 결국에 가서 그 진심은 서로 통한다는 사실을 말이다.

13

대한민국은 더 여성친화적인
나라가 되어야 한다

내가 1986년부터 1991년까지 만 5년을 근무한 미국회사의 한
국지사는 대략 이런 구조였다. 미국에 있는 본사는 동남아에 6개
의 지사를 거느리고 있었는데 토쿄, 오사카, 서울, 타이페이, 싱가
폴, 홍콩이 그들이었다. 당시는 중국이 개방되기 전이어서 중국에
는 지사가 없었다. 본사에서는 주로 미국이나 영국의 백화점들이
나 유통업체들과 계약을 맺고 해당 업체의 제품개발 담당자들, 일
명 바이어들이 동남아에서 상품을 개발하는 일을 우리 지사들이
도와주는 형식인 셈이다. 그 거래처들이란 삭스 피프스 애비뉴, 마
샬 필드, 프레드릭 애트킨스, 문구류로 유명한 미드 프로덕트 등등
으로 한국 사람들에게도 꽤 이름이 알려진 유통업체들이었다.

나는 한국 내에서 생산되는 일반상품들을 그들에게 알선하는 일을 맡았는데 당시에 거래하던 국내업체들 중 대표적인 브랜드로는 우성 셰프라인의 스텐 식기류, 양지사의 다이어리류, 조선무역의 봉제완구 류가 특히 거래 규모가 컸던 기억이 난다. 의류와 핸드백류를 제외한 모든 상품이 다 나의 업무 카테고리 안에 있으니 그 얼마나 제품군이 다양하겠는가. 도자기류, 심지어는 일본 바이어들에게 삼성전자의 소형TV를 알선하여 300대가 거의 납품 직전까지 간 경우도 있었다. 맡고 있는 제품들의 특성을 익히느라 거의 만물박사가 되어야만 했고, 그러자니 밤을 새워가며 상품지식을 익혀야만 했다.

미국 그룹에서는 1년에 두 차례씩 Import Fair라는 걸 개최했다. 자기네들이 전 세계를 돌아다니며 개발한 신제품들을 미국 내 거래처 바이어들에게 소개하는 행사이다. 우리 일반상품 전시회는 주로 뉴저지 시카커스 강변에 있는 힐튼 호텔을 1주일 간 빌려서 봄, 가을로 두 번을 했다. 우리 지사 담당자들이 그곳에 출장을 가서 하는 일은, 제품개발 담당자들(바이어들)이 신제품들을 미국 내의 바이어들에게 소개하면 옆에서 그들을 보조해주거나 갑작스런 제품변경이나 신제품 개발 요청이 들어오면 그런 상담에 응해

주는 일이었다. 임포트 페어를 쉽게 설명을 한다면 우리 국내에서 롯데백화점의 제품개발자들이 전 세계를 돌아다니며 신제품을 개발하여 그 샘플을 롯데호텔 컨벤션센터에 진열하여 놓고 전국에 있는 20여 개의 롯데백화점(지점) 바이어들에게 설명하면서 주문을 받는 형태라고 보면 이해가 빠를 것이다.

한번은 보스턴에 본사를 두고 있는 '마샬스'라는 유통체인 본사에서 우리 지사요원들을 Boston Import Fair에 초청하였다. 샘플들은 이미 3개월 전에 다 보내 놓은 상태였다. 일본(2명), 홍콩, 한국, 대만, 싱가폴의 모든 지사에서 각 1명씩을 파견하였는데 한국 대표로는 내가 참가하였다. 이제부터 하는 이야기는 그곳에서 1주일간 진행되는 행사에서 일을 다 마치고 귀국하려고 보스턴 공항에 도착하여 비행기를 기다리고 있을 때, 그 한 30분 사이에 터진 사건이다.

대만에서 온 여자 담당자가 나에게 할 말이 있다면서 나를 보잔다. 그러더니 나에게 막 욕을 하며 달려드는 게 아닌가. 그녀의 이야기를 들어보니 내가 전시회 기간 중에 자기와 싱가폴, 홍콩에서 온 여자 담당자들에게 거칠게(rude) 대했다는 것이었다. 내가? 난 전혀 그런 기억이 없는데? 그러면서 자기네 대만 남자들은 여자들

알기를 하늘같이 아는데 너는 왜 이래라 저래라 하면서 마치 하인 다루듯이 하느냐면서 고래고래 고함을 (그것도 영어로) 치는 게 아닌가.

나는 열이 받았다. 도대체 그런 기억이 없는데 수많은 사람들이 왔다 갔다 하면서 쳐다보는 공항 대합실에서 나를 몰아붙이니 모욕도 이런 모욕이 있을 수 없었다. 나도 영이로 맞받아쳤다. 그녀의 이름이 샌드라였다.

"It's you Sandra! You are the model of bad woman who is rude to the gentleman like me 어쩌구저쩌구⋯."

"Shut up Daniel!"

닥치라니! 나도 참을 수 없었다.

"Frankly, I hate swear at girls. but you deserve it."

"Daniel, you bastard, son of bitch, mother fucker!"

샌드라는 제품에 겨워서 흥분에 흥분을 하더니 급기야는 입에 담기도 힘든 욕을 마구 쏟아내기 시작했다. 우와~ 이제는 정말 참을 수 없다.

"You Sandra, street girl, whore, asshole sucker %?&*^#@*+*!~@#$$%*&"

이렇게 한 20여 분 이상을 싸웠던 기억이 난다. 영어로 치면 나도 대학에서 잘 한다고 하여 현대의 수출담당 요원으로 입사했고 또 자동차 수출로 중동과 아프리카를 뛰어나지지 않았던가. 그것도 1979년과 1980년, 외국에 나가는 것이 하늘에 별 따기 이상으로 힘들었던 때에 말이다. 그뿐인가. 해외의 건설현장에서 미국인 변호사의 조수로, 미국공병단의 통역 업무와 영문행정으로 5년 동안 단련을 받은 몸이다. 그게 다가 아니다. 리야드 현장에서 주말이면 동료들과 XXX급 미국 비디오를 보면서 (거친 영어) 실력을 다졌던 나다. 그래서 미국계 회사에 특채로 뽑힌 사람인데, 그래 너 잘 만났다!

내가 악을 써대자 '가재는 게 편'이라고 했던가? 그때까지 지켜만 보던 홍콩과 싱가폴 여자아이들이 가세했다. 이제 1:3의 싸움이 되었다.

한참을 서로 입에 침을 튀겨가면서 싸웠다. 그래도 영어로 대만, 홍콩, 싱가폴 아이들을 당할 수는 없었다. 중국계인 그녀들은 원래 영어를 쉽게 잘했다. 자기네 언어구조가 영어와 같아서 그런 거라고 했다. 그래도 다행스러웠던 것은 열 받는다고 치고받고 하지는 않았다. 나에게 대든다고 열 받아서 한 대 때리기라도 했더라면 당장 미국 경찰에 잡혀가서 또 어떤 곤욕을 치렀을지 생각만 해도 아찔하다.

귀국하는 비행기 안에서 내내 그 생각을 했다. 그리고 귀국해서도 그때의 기억이 사라지지 않았다. 그녀는 대만의 담당자이고 자기네 대만 공장들에서 개발한 상품들을 전시하고 그것들을 소개하였고, 나는 한국에서 개발된 제품들을 설명하였을 뿐인데 내가 무슨 거친 행동을 했다는 말인가? 도대체 모를 일이었다. 그때 왜 샌드라가 나에게 소리소리 지르면서 쌍욕을 하고 (그건 싸우다보니 저도 모르게 열이 받아서 그런 것이겠지만) 대들었는지를 깨닫는 데는 10년 이상의 시간이 걸렸다.

당시만 해도 국내에서 여성들은 그냥 '여직원'이었다. 출근하면 책상 닦아주고 남직원들에게 커피 타주고 타이핑하고, 쉽게 말해 남자들 뒤치닥꺼리나 해주는 그런 보조업무를 해 주던 사람이 여직원들이었다. 심지어는 '엘리베이터 걸'이라는 직업도 있었다. 그래서 1980년대에는 (1970년대는 아예 말 할 것도 없고) 여직원들을 부르는 호칭도 '미스 김'이니 '미스 박'이니 하는 식이었다. 그 당시만 해도 여자가 결혼하고 나서도 직장에 계속 다닌다는 건 아예 꿈도 꾸지 못할 때였다. 또 그런 여자가 간혹 있으면 매우 이상하게 보일 때였다.

그래도 내가 몸담고 있던 미국 회사는 아주 예외적이라서 여자들이 결혼해도 그만둘 줄을 몰랐다. 또 결혼하고 나서도 계속 다닌다고 회사에서 무어라고 하지도 않았다. 그런 우리 회사를 외부 사람들은 무척 신기해하고 특히나 여성들은 아주 많이 부러워했던 기억이 난다.

그러니까 나의 그러한 '남성우월주의'가 알게 모르게 우리 일행 여섯 명이 일주일 간 함께 있는 중에 표출된 것이었다. 여섯 명 중 내가 제일 나이가 많아서 단체행동을 할 때는 내가 마치 팀장인 것처럼 행동을 했던 기억이 난다. 가령 전체 미팅 때 내가 대표인 양 각 지사에서 온 담당자들을 일일이 소개하고 또 저녁 식사 때도 내가 주관이 되어서 다섯 명을 데리고 여기저기로 데리고 다녔던 것이다. 그러한 와중에 나의 권위적인 행동이 그대로 노출된 것이고 그걸 대만, 홍콩, 싱가폴에서 온 여성 세 명이 불만을 토로하던 중 귀국하는 길에 나에게 들이 댄 사건이 보스턴 공항에서 일어난 일이었다.

지금은 여성들이 직장에서 많이 근무하고 또 결혼하고 나서도 계속하여 다닐 수 있도록 법적으로도 보장되어 있으니 얼마나 좋은가. 그런데 이미 미국에서는 1979년이나 1980년에만 하더라도 회사에 가 보면 직원들의 절반 이상이 여자였던 기억이 난다. 당시로서는 그게 참 너무나도 신기하게 보였다.

우리가 대학을 다닐 때인 1970년대 중반만 하더라도 여자 대학생들의 장래 희망은 현모양처였다. 거의 모든 여자대학교들에는 가정과라는 과가 있었다. (지금은 Home Econonics Dept.라고 하던가?) 졸업하고 직장에 다닌다는 생각을 아예 하지 않았고 또 뽑는 회사도 별로 없었다. 그러니 여자들이 대학을 다니는 이유는 좋은 신랑감을 만나기 위해서였고, 그게 또 딸을 대학에 보내는 부모의 소원이기도 했다. 회사에서 여직원들이 좀 있었지만 그들은 거의 다가 상고를 졸업한 여사원들로, 쉽게 표현하자면 타자를 치는 타이피스트들이었던 것이다.

지금도 거래처 사람들과 전화 통화를 하다보면 이렇게 말하는 사람들을 흔하게 볼 수 있다.

"아, 그거 우리 여직원한데 보내세요."

여기서 말하는 '여직원'이라는 말 속에는 그냥 사무실이나 지키는 사람, 또는 잔심부름이나 하는 사람이라는 경멸의 의미가 포함되어 있는 것이다. 그래서 나는 생각해 본다. 물론 지금은 전체적으로 여성의 지위가 많이 올라갔지만, 우리나라가 좀 더 발전하려면 여성들의 지위가 남성과 동등하게 되어야만 본격적인 선진국이 될 수 있다고 말이다. 아마도 그때쯤에 가서야 우리나라의 1인당 국민소득이 3만 불을 넘기게 되지 않을까 싶다.

14

아내가 기가 막혀!
부부싸움의 90%는 돈 문제이다

서울에서 직장을 다닐 때는 부부싸움이라는 걸 해 본 기억이 별로 없다. 그도 그럴 것이, 꼬박꼬박 월급이 통장으로 입금되니 무엇 때문에 싸움을 한단 말인가. 그 옛날 월급봉투에 돈을 넣어서줄 때도 매달 월급날이면 나는 봉투 갖다 주는 재미로, 아내는 봉투 받는 재미로 살았다. 월급에서 얼마씩 저축도 했고 아들도 무럭무럭 잘 자라 주었다. 아들이 대학에 들어갈 때까지도, 또 직장을 잡을 때까지도 모두 저 스스로 결정해서 했지 부모의 애간장을태운 적이 단 한 번도 없었다.

그러던 중 내가 직장을 잃어버리자 모든 게 순식간에 변해버렸다. 그때는 분당의 65평 주상복합 아파트에서 살 때였다.

2006년 1월 초, 어느 날 갑자기 직장을 잃었다. 내가 마지막으로 다니던 직장은 S서적이라는 회사였는데 나는 그 회사에서 외국서적부를 책임지고 있었다. 당시 기업의 모체인 S대학은 심한 학내분규를 겪고 있었다. 형인 이사장이 한 편, 그리고 부모와 누나, 동생들, 여기에 대학의 학생회가 가세된 세력이 또 한 편으로, 그야말로 형과 동생이 머리통 터지게 싸우고 있었다. 나는 이사장 라인이었다. 그런데 교육부에서 관선이사를 파견하면서 이사장 자리가 날아가 버린 것이었다.

　순식간에 모든 실권이 관선이사를 중심으로 한 동생 쪽으로 넘어갔다. 그래도 동생 쪽에서는 나를 달랜다고 '최이사는 경영권이 바뀌어도 계속 있게 될 터이니 걱정 말고 근무하시라.'면서 나를 다독였다. 나는 그 말만 철석같이 믿고 나의 장래에 대하여 조금도 염려하지 않았다. 그런데 어느날 아침에 출근하여 보니 책상이 없어진 것이었다. 회사의 임원이란 '임시 직원'의 준말이라는 게 새삼 실감나는 순간이었다.

　박스 서너 개에 개인물품들을 넣고 사무실을 나오는데 그야말로 눈앞이 캄캄했다. 집에 가서 어떤 말을 해야 하나? 앞으로 어떻게 살아야 하나? 아들 장가는 어떻게 보내야 하나? 등등 걱정은 꼬리에 꼬리를 물고 끝없이 이어졌다. 원래 우리 회사는 중역이 되면 보통 70살까지는 걱정 없이 근무를 할 수 있었다. 그런데 나는 57살에 '짤린' 것이다.

아내는 울고불고 난리가 났다. 전혀 예측을 하지 못했으니 그 충격이 오죽이나 클 것인가. 정말 직장생활만 하던 사람이 하루아침에 실업자가 된다는 게 어떤 것인지를 몸소 경험할 수 있었다. 다음 날 지하철을 탔다. 어디를 왜 가는지 목적도 없이 그냥 탔다. 사람들이 나를 쳐다보고 손가락질 하는 것만 같았다. 여기 저기 닥치는 대로 구직을 해 보았으나 되지 않았다. 멀리는 강원도의 어느 광산에 관리직을 모집한다는 광고가 있어서 거기도 가 보았다. 그런데 되지 않았다. 너무 고급인력이라는 게 그 회사 측의 답변이었다.

사람에게 제일 큰 충격이 무엇인지를 외국의 어떤 유명한 학자가 조사했더니 첫째가 배우자의 사망이고 둘째가 직업의 상실이라는 결과가 나왔다. 어느 날 아들이 여의도 회사에서 퇴근하더니 놀란 목소리로 소리쳤다.

"엄마, 여기 왜 이래?"

무슨 일인가 하여 아내의 머리를 살펴보았더니 놀랍게도 아내의 머리통 옆에 하얀 살이 동그랗게 그대로 드러나 있는게 아닌가! 원형탈모였다. 얼마나 충격이 컸으면 그랬을까 하고 생각하니 새삼 아내가 측은한 생각이 들었다. 무엇을 해야 할 지에 대한 대비가 전혀 없었으니 아내나 나나 모두에게 그렇게도 충격이 컸던 것이다.

열 달 가까이 고민을 하다가 출판사업을 하기로 결정했다. 그래도 내가 직접 했던 것은 아니지만 옆의 출판사업부를 곁눈질로 십여 년 간 보았으니 맹탕보다야 낫지 않을까 하는 생각이 첫째였고 또 내가 책을 좋아하고 글쓰기를 좋아하니 그만하면 됐다 싶었다.

이제 2016년 10월, 바로 이달이면 만 10년이다. 그동안 허우적대기도 많이 했고 돈도 많이 까먹었지만 이제는 남들이 다 인정해 주는 출판사의 대표요 (자칭) 중견 작가이다. 먹고 사는 문제도 출판사업을 통하여 (거의) 해결이 된다. 앞으로 시간이 가면 갈수록 책의 종수가 많아질 것이고 그러면 더 좋아질 것이다. 게다가 건강만 허락한다면 80살까지도 내가 일을 하면서 돈을 벌 수 있으니 이만하면 성공한 것 아닌가.

참, 본론을 이야기해야 하겠다. 출판사업을 하는 지난 10년 동안 아내와 많이도 싸웠다. 특히 최근의 몇 년 동안은 정말 하루걸러 싸웠다. 오죽하면 '우리부부는 짝수 날은 싸우고 홀수 날은 화해한다.'는 생각까지 들었을까. 딱히 내가 무슨 잘못을 해서 그런 것도 아니었다. 아내는 시도 때도 없이 싸움을 걸었다. 거기에 내가 말대꾸라도 할라치면 더 큰 싸움이 되었다.

혼자서 울기도 많이 울었다. 죽어버릴까 하는 생각도 여러 번 했다. 집에 딸린 보일러실 겸 창고에는 농약도 있었다. 그러나 그 때마다 내가 교회에서 청년부장을 하면서 청년 아이들에게 열심히 살라고 했는데 내가 자살을 하면 그 아이들이 얼마나 실망할까를 생각하며 마음을 고쳐먹었다.

그런데 싸움의 끝머리에 가서는 항상 돈 이야기가 나온다는 것을 알 수 있었다. 이런 식이었다.

"흥, 전원생활 좋아하시네. 서울에서 돈 다 까먹고 망해서 내려온 주제에."

"남들은 자식들 다 번듯하게 시집장가 보내는데 우린 아들 하나 있는 것 장가를 보내려고 해도 돈이 한 푼 있기를 하나…."

생각해 보니 분당의 65평 아파트도 팔고 정자역에 있던 36평형 오피스텔 두 채도 팔았다. 춘천에 있던 1,600평 땅도 팔아먹었다. 물론 그것들이 다 100% 내 돈만 가지고 산 것은 아니고 상당부분은 은행융자가 있었다고 하더라도 결코 적지 않은 돈을 까먹은 셈이다. 그래, 아내가 그렇게 나를 구박하는 것도 다 그럴만한 이유가 있겠다. 그런 생각을 하면서 참고 또 참았다. 오죽하면 내가 '이 싸움은 내가 죽기 전까지는 끝나지 않는 싸움이야.'라고 입버릇처럼 중얼거렸을까 싶기도 하다. 교회에서의 믿음생활이 그런 어려움을 견디는 데 큰 도움이 되었다.

그런데 그렇게 죽을 때까지 계속될 것만 같았던 부부싸움이 정말 2년 전 부터는 소리 소문도 없이 조용히 사라졌다. 출판사업이 완전한 궤도는 아니지만 조금씩 수익이 나기 시작하던 때부터였다. 아내도 남들이 행복우물을 '출판사'로 또 나를 '작가'로 인정해 준다는 사실을 피부로 느끼기 시작한 것이다. 그때서야 나는 깨달았다. 아하! 부부싸움의 가장 근본은 무어니 무어니 해도 돈 문제로구나.

왜 안 그렇겠는가? 나이는 먹어가고 벌어 놓은 것은 야금야금 다 까먹고 이제는 빈털터리가 되었으니 어느 아내가 마음 편히 깔깔대면서 살 수 있겠는가 말이다.

가평 집의 2층을 집필실 겸 사무실로 쓰고 있다. 2층에서 내려다보면 바로 앞이 마을회관 주차장이자 마을버스 정류장이다. 여기는 왕래하는 사람들이 별로 없다. 서울에서는 창밖을 내다보면 차들이 수없이 지나가고 또 사람들은 얼마나 바쁘게 다니는가. 그러나 여기는 그저 10분에 한 명을 볼 수 있을까 말까 하다. 그것도 서울처럼 어디를 무슨 목적을 가지고 부지런히 가는 사람들이 아니다. 그냥 할머니들이 이웃집으로 마실을 가는 정도이다.

여기 할머니들은 모두가 다 유모차를 밀고 다닌다. 맨 처음에 그 광경을 보았을 때는 참 이상해 보였는데 물어보니 다 이유가 있었다. 유모차에 의지하면 힘이 훨씬 덜 들 뿐더러 허리도 덜 아프다는 것이 할머니들의 말이었다. 그런 할머니들을 볼 때마다 아내가 걱정되었다. 이제 나도 60대 중반인데 언젠가 내가 죽고 나면 아내도 저렇게 유모차를 밀고 다닐까? 이 넓은 집은 누가 잔디를 깎고 나무를 관리할 것인가? 어느 날 용기를 내서 아내에게 물어 보았다.

"여보, 내가 먼저 죽으면 당신 어떻게 살지? 저렇게 할머니들처럼 유모차 밀고 다닐까?"

나는 아내로부터 이런 대답을 기대하였다.

"여보, 그게 무슨 말이에요. 우리가 죽는 날까지 오순도순 잘 살다가 죽더라도 같은 날 함께 죽어야지요."

꿈 깨시라! 아내가 눈을 허옇게 뜨고 나를 힐끔 쳐다보며 던진 말은 내가 훌륭한 소설가라는 사실을 증명하기에 전혀 부족함이 없었다.

"흥! 그런 걱정 하지 말고 일단 죽어 봐, 죽어 보라니까!"

15

자녀교육
80:20의 법칙

우리 부부에게는 아들이 하나 있다. 1980년생이니까 지금 우리 나이로 서른일곱 살이다. 그런데 아직까지 장가를 가지 않고 있다. 키도 크고 잘 생기고 좋은 학교 나와서 좋은 직장에 다닌다. 여기 저기 주변에서 선을 보라고 해서 몇 번 여자들을 소개해주기도 했으나 그때마다 (여자 쪽에서는 좋다고 하는데) 아들은 한 번 만나고는 그만이다. 그래도 소개해 준 사람 체면이 있지 않느냐고 하면 그저 인사치레로 두세 번 만나고 더 이상 만나지 않는다. 아이의 말로는 아직 결혼할 마음이 없단다.

아들은 홍대부고에서 학생회장을 했다. 고등학교를 다니는 동안에 서울시장 상도 탔다. 장학퀴즈에도 나갔다. 그래서 경희대 언론정보학부에 무시험으로 들어갔다. 거기서 신문방송을 배운 후 4학년 때 금융회사에 취직했다. 그러더니 금융을 더 배워야 하겠다며 회사를 그만두고 카이스트에서 금융공학을 공부하고 MBA를 받았다. 다시 다른 금융권 회사에 시험을 보아서 들어가더니 그곳을 몇 년 동안 잘 다녔다.

올 해 들어서는 고려대에서 기술최고경영자 과정을 다니더니 공부를 더 해야 하겠다면서 회사를 그만두었다. 그 과정을 수료한 사람들의 면면을 보니 아들이 역시 보통이 넘는다는 생각을 하게 되었다. 오세훈 전 서울시장을 비롯하여 세상에 많이 알려진 사람들이 상당히 많았다. 그런 곳을 금융회사의 일개 과장이 들어갔으니, 물론 돈을 주고 수업을 듣겠다는데 굳이 안 된다고 할 이유도 없긴 하지만, 역시 뛰어난 아이임에는 분명하다.

요즘처럼 취직하기 힘든 세상에 왜 그만두었냐면서 아내는 타박이 심했지만 나는 오히려 잘 했다고 아들에게 힘을 실어 주었다. 아들은 앞으로는 100세 시대인데 지금은 자기 자신에게 더 많은 투자를 해야 할 때라고 주장했다. 앞으로 공부를 더 해서 박사학위를 받겠단다. 한마디로 아들의 주장은 지금은 과장 타이틀에, 1억 연봉에 목을 매고 있을 때가 아니라는 것이었다. 아들의 그런 생각과 결단은 참 잘 한 짓이었다. 나 역시 세상을 살아보니 똑같은 경제력으로 산다고 해도 많이 배운 사람이 더 풍요롭게 산다는 사실을 뼈저리게 느낄 수 있었다.

아들이 고등학교에서 반장을 하고 전교 부회장을 하고 회장을 한 데에는 아내의 정성어린 뒷바라지가 있었다. 학교에서 행사가 있다하면 아내는 모든 일을 제켜놓고서라도 학교의 일에 매달렸다. 가정이 풍요롭지 못하니 돈으로는 못 했지만 노력으로는 둘째 가라면 서러울 정도로 학생들과 선생님들의 뒷바라지에 올인했다. 그렇다고 치맛바람을 일으키면서 학교일에 앞장 서는 스타일은 아니었다. 그냥 조용히 뒤에서 보이지 않게 학교일을 도와주는 아내를 학교에서도 모두가 다 좋아했다.

대학을 다니면서 언제 시를 공부했는지 4학년 때인 2005년 봄에는 연세대학교에서 주최하는 '윤동주시문학상'에 입선하여 시인으로 등단하기도 하였다. 당시 정창영 총장과 가수 윤형주씨, 그리고 우리 가족이 함께 같은 테이블에서 식사를 했던 기억도 있다. 들어보니 윤형주 가수의 6촌 형님이 윤동주 시인이란다.

직장을 다니면서는 돈도 더 벌고 영어공부도 겸해서 한다며 종로에 있는 모 유명 외국어학원에서 주말마다 토익을 가르치기도 했다. 그 힘들다는 금융권의 직장을 다니며 1년가량을 토요일과 일요일에 학원을 나갔으니 정말 그 일 년 동안은 휴일도 없이 일을 한 셈이었다.

아들은 정도 많은 녀석이다. 대학 3학년 때이던가? 어느 날은 씩씩거리면서 들어오더니 누군가의 명함을 대던지고 이렇게 말하는 것이었다.

"나 이제 절대로 사람들 도와주지 않을 거야!"

이야기를 들어보니 전형적인 앵벌이에게 털린 것이었다. 양재역을 나오는데 폭우가 쏟아지더란다. 그런데 어떤 사람이 자기가 부산에서 왔는데 지금 지갑을 잃어버려 부산까지 갈 차비가 없다면서 통 사정을 하더란다. 부산까지 갈 차비가 없는데 조금만 보태주면 틀림없이 갚겠다면서 명함을 건네주었단다. 지갑을 뒤져보니 3만 몇 천 원 인가가 있어서 3만 원을 주었단다.(참 많이도 주었다!) 하루 이틀 기다려도 연락도 없고 돈도 오지 않자 그 제서야 속은 것을 깨닫고 화가 폭발한 것이었다. 하하하! 연락이 있을 턱이 있나.

우리 부부는 지금까지 살아오면서 아들의 일에 크게 간섭을 하지 않았다. 대학을 선택한 것도 아들이었고 직장을 선택한 것도 아들이었다. 미국에 어학연수 차 잠시 가 있을 때는 좀 더 미국을 많이 보려면 비행기를 타고 다니면 안 된다면서 워싱턴에서부터 LA까지를 꼬박 사흘 동안 그레이하운드를 타고 대륙횡단을 하기도 한 녀석이었다.

신문이나 TV에도 여러 차례 나왔고 직장에서 우수사원으로 선정되어 장관 표창도 받았다. 우리 생각에는 직장을 계속 다니면 진급도 하고 미래도 꽤 밝을 것 같았지만 그건 우리들의 생각일 뿐이었다. 아들의 판단은 달랐던 것이다.

요즘은 공무원이나 공기업 같은 안정적인 직장이 많은 사람들의 선망의 대상이 되고 있는 풍토이다. 그런데 내가 세상을 살아보니 그런 데를 다니면서 평생을 안정적으로만 살아 온 사람들은 퇴직 후에도 안정적인 게 최고라는 생각에 젖어서 산다. 그러나 개인 기업체에서 근무하던 사람들이나 사업을 하던 사람들은 도전정신으로 똘똘 뭉쳐 있어서 무언가 창조적이고 도전적인 일을 하려고 한다. 직장을 다녀도 그 직장을 평생직장으로 생각하고 다니는 사람은 드물다는 이야기이다.

군대에서 헌병대나 보안대에서 불과 3년의 짧은 군 생활을 했을지라도 그게 그 사람들의 향후 인생에 크나 큰 영향을 미친다는 사실을 나는 주변에서 많이 보아 왔다. 한마디로 그 사람들은 군대에서 자기들이 얼마나 힘 있는 데서 있었는지를 자랑삼아 이야기 하고 항상 목에 힘을 주고 산다. 단 3년의 영향이 이럴진대 평생을 공직에서 보냈다고 하면 어떤 사고방식이나 행동양식이 그들에게 형성되었을 지는 짐작하기가 어렵지 않다.

우선 그 사람들은 말투도 느릿느릿하다. 공직에서는 주로 부탁을 하러오는 사람들만을 만나기 때문에 아쉬운 이야기를 할 필요가 없게 된다. 구태여 빨리빨리 상황을 설명하여 상대방을 설득하느라고 애쓸 필요가 없다는 말이다. 그런 생활이 10년, 20년 몸에 습관처럼 쌓이다 보면 어느 사이에 자기도 모르게 일상생활에서 그런 모습을 보이는 것이다.

음식점을 가서 함께 식사를 해보면 그들의 행동이 많이 다르다는 걸 느끼게 된다. 일반 기업체에서 근무한 사람들은 식사 후 재빨리 계산대에 가서 돈을 지불하려고 하는데, 공직에서 있던 사람들은 그 뒤에서 느긋하게 이쑤시개를 들고 뒷짐을 지고 서 있기 일쑤이다. 평생을 그래 왔기 때문이다.

그래도 이 사회에서 어려움을 당한 곳에 큰돈을 기부하고 동창회에도 거금을 선뜻 내 놓는 사람들은 모두가 다 기업인들이나 장사와 같은 사업체를 운영하는 사람들이다. 공직을 해서는 부정을 하지 않는 한 절대로 큰돈을 만질 수가 없다.

맬콤 그래드웰의 ≪아웃라이어≫라는 책을 보면 흥미로운 대목이 있다. 어려서부터 자기 의사를 분명하게 표현할 줄 아는 사람으로 키우는 것이 중요하다는 '집단양육'이라는 이론이다. 그것을 다른 관점으로 보면 부모의 지대한 관심이 아이의 미래에 크게 작용한다는 말이기도 하다. 우리 부부는 지금까지 아이에게 꾸지람을 한 적이 별로 없다. 아들의 오피스텔이 폭격 맞은 집처럼 난장판이 되었어도 조용히 한 달에 한 번 정도 방 청소와 화장실 청소를 해주고 올 뿐이다.

그래서 우리 부부는 지금도 아들의 뒷바라지는 주로 아내 쪽에서 맡아서 하고 나는 아들에게 삶의 본이 되는 모습을 보여주려고 노력한다. 가지런히 정돈된 서재, 항상 책이나 신문을 읽고 음악을 듣는 모습을 보여주는 것, 이른 새벽 교회에 나가서 기도로 아들의 장래를 축복하여 주고, 술 취하고 방탕한 모습을 보여주지 않는 것, 항상 밝은 표정을 지으면서 세상을 살며, 끊임없는 자기계발로 평생현역이라는 자세로 살아가는 것, 등등이 아들에게 내가 줄 수 있는 최고의 선물이라고 생각하면서 말이다.

이것을 굳이 백분율로 나타내라고 한다면 나는 80:20이라고 말하겠다. 맹모삼천(孟母三遷)이나 한석봉(한호韓濩)의 어머니처럼 어머니의 지극정성이 자녀의 미래에 크게 작용한다는 말은 세월이 아무리 지나도 변하지 않는 진리이다. 그러나 아버지의 역할 역시도 만만치 않게 중요하다.

16

이별연습:
은혜를 갚고 떠나야 하는데…

나이를 먹을수록 초조한 마음이 든다. 돈이 들어갈 곳은 많고, 벌어 놓은 것은 없고, 은혜를 갚아야 할 사람들은 많고, 마음뿐이지 현실은 따라가 주지를 않고, 그러는 사이에 세월은 흐르고, 세월은 그분들을 기다려주지 않고….

바로 내 경우이다. 내가 제일 신세를 많이 졌다고 생각하며 늘 마음에 빚으로 남아있는 사람은 우리 누님이다. 초등학교 졸업장도 없던 나를 고등학교에 편입시켜주고 공부할 수 있는 발판을 마련해 주신 누님. 그렇게 해서 대학을 갔고 또 1970년대 당시에 대학 나온 아내를 만나서 지금껏 자식 잘 키우고 살아왔다.

좋은 직장에 들어가서 사회생활을 평탄하게 할 수 있었던 것도 다 그때 기회를 잡았기 때문이다. 만약 그런 기회가 없었더라면 나는 평생을 초등학교도 졸업하지 못한 사람으로 지금까지 살아왔을지도 모른다. 물론 그렇다고 해서 지금보다 경제적으로 더 못 살았으리라는 보장은 없다. 그러나 잘 살고 못 살고를 떠나서 많이 배운 사람과 적게 배운 사람은 세상을 보는 시야 자체가 다르다. 많이 배운 사람이 세상을 더 즐기며 풍요롭게 산다는 것은 너무나도 자명한 이치이다.

누님은 매형과 사별하고 미국으로 건너가셨다. 콜로라도의 스프링스라는 산동네에서 지금 홀로 계신다. 한국으로 오고 싶어도 여러 가지 여건이 그렇지를 못하다. 조카는 엄마가 한국에 나오면 하고 바라지만 조카며느리는 싫어한다. 세상을 오래 살아보니 혼자서 결정할 수 있는 일이란 별로 없다는 생각을 많이 하게 된다. 특히 가정사가 그렇다. 누님은 지금 82세이다. 태어날 때의 순서는 있어도 죽을 때의 순서는 없다는 말이 있지만, 자연의 이치대로 하면 누님이 나보다 먼저 돌아가실 것이다. 그리고 그 시간도 그리 많이 남지 않았다. 그런 생각을 할 때마다 가슴만 아프다. 해주고 싶은 것은 많지만 현실이 뒤따라주지 않으니 더욱 답답할 뿐이다.

누님 다음으로 내가 신세를 많이 졌다고 생각하는 사람은 큰형수님이다. 큰 형수님은 내가 열네 살 때부터 스무 살이 될 때까지 6년 간을 정말 어머니 이상으로 나에게 잘 해 주었다. 엄마가 없다는 사실 때문에 방황했더라면 자칫 나쁜 길에도 빠질 수도 있었을 터인데 큰형수님이 원체 나를 알뜰하게 보살펴 주었던지라 나는 올곧게 자라날 수 있었다. 가구공장에서 먹고 자며 지낼 때가 열여섯 살 무렵이었는데 당시만 해도 어떤 아이들은 여자아이와 동거를 하기도 했다. 근처에는 봉제공장에 다니는 여자아이들이 넘쳐 났었다.

공부에 목말라 있던 나는 공장에서 일과가 끝나도 아이들과 어울려 다니지 않고 공장 바닥에 합판을 깔고 강의록을 가지고 공부를 했다. 중학교과정의 자습서 비슷한 개념의 교재이다. 공장에서 생활하다가 한 달에 한두 번씩 집에 와서 집에서 해 주는 맛있는 밥을 먹고 빨래해 놓은 옷가지를 들고 다시 공장으로 향하곤 했다. 스물 두살에 시집 온 큰형수님도 이젠 완전한 할머니이다. 좋은 옷은 고사하고 약값이라도 가끔 보내드리고 싶은데 그게 또 여의치가 않다. 핑계는 여전히 삶에 여유가 없다는 것이다.

정말 세월은 기다려주지 않는다. 장모님이 세상을 뜨신 지도 벌써 14년째이다. 장모님은 1940년대 초에 장인어른을 만나서 슬하에 8남매를 두셨다. 8남매가 오늘날까지 모두 자녀들 잘 키우고 아직 아무도 세상 뜨지 않고 잘 살고 있으니 장인장모님의 공이 크다고 해야만 하리라. 장인어른은 1930년대에 마라톤 선수였던 손기정님과 함께 양정고보를 다니시고 일본의 메이지대학에 함께 유학하고 돌아오신 분이다. 집안에 원체 돈이 많았던 덕분에 평생을 자유분방하고 호탕하게만 사신 한량이셨다.

장모님 역시도 그 옛날에 진명여고를 졸업한 신여성이셨다. 장인어른이 먼저 세상을 뜨자 큰 처남이 계속 장모님을 모시다가 말년에는 우리 집에 와서 계셨다. 그때는 내가 65평의 아파트에 살면서 경제적으로도 여유가 있을 때였다. 장모님은 당뇨병으로 고생을 하셨는데 그 합병증으로 인하여 급기야는 발목을 절단하게 되었고 절단수술 이후부터는 우리가 모시게 된 것이다.

8남매의 끝에서 두 번째인 아내는 정말 지극정성으로 장모님을 보살폈다. 또 모든 여건이 장모님을 편안하게 모실 수 있는 상황이었다. 아내는 자기 차로 날마다 장모님을 병원을 모시고 다니곤 하였다. 장모님도 그런 환경에 만족해 하셨다. 그러나 우리 집에 오신 지 불과 넉 달 만에 장모님은 세상을 뜨셨다. 그때 나는 확실하게 깨달았다. 아하! 여건이 뒷받침을 해 줄 때는 또 세월이 기다려주지를 않는구나.

처형들과 동서들은 또 어떠한가. 늘 내가 잘 되기만을 바라는 처형들, 시시때때로 김치를 담그어 주고 우리 집안을 들여다 보며 관심을 기울여 주는 처형들의 사랑이 있기에 시골에서의 8년을 전혀 외롭지 않게 지낼 수 있었다.

아마도 우리들이 받은 사랑의 20%만 자식들에게, 손자손녀들에게, 그리고 이웃들에게 돌려주고 떠나도 우리들은 참으로 훌륭한 사람이라는 칭송을 받으며 그들의 기억에 남게 될 것이다.

올 봄에 꼬맹이가 죽었다. 야옹이도 언젠가는 내 곁을 떠날 것이다. 결국 우리들은, 인간이건 동물이건 살아있는 생명체라면 모두가 이별을 하게 마련이다. 헤어질 때까지 서로가 서로에게 상처 주지 않고 아껴주고 사랑해주다가 이별해야만 하리라. 지금껏 그런 마음가짐으로 꼬맹이도 대했고 야옹이도 보살피고 있다.

나는 꼬맹이의 밥을 줄 때도 밥을 딱 먹을 만큼만 준다. 밥그릇도 하루나 이틀에 한번 씩 세제로 깨끗이 닦아준다. 개집도 수시로 청소해 준다. 야옹이도 마찬가지이다. 야옹이의 식기는 하얀 도자기이다. 나는 가끔씩 농담 삼아 '네 밥그릇이 그 옛날 도요토미

히데요시가 썼던 것보다도 더 고급이다.'라는 말을 한다.

내가 그렇게 정성을 기울이자 동물들도 그에 따라 보답을 해 주었다. 꼬맹이는 똥을 어디에다 싸는지 개집 앞은 물론이고 정원 잔디밭 어디에도 그 흔적이 없다. 지금껏 7년 동안 마당에서 개똥을 못 보았다. 야옹이도 마찬가지이다. 이 녀석은 처음 분양받아 올 때 며칠만 모래상자에 오줌과 똥을 쌌을 뿐, 그 다음부터는 오줌똥을 싸는 모습을 아예 구경하지 못했다. 고양이라는 놈이 원체 깔끔하기 때문이기도 하지만 녀석은 내가 모르는 사이에 대소변을 다 해결하는 것이다.

놈들이 대변을 해결하는 곳은 마당 저 편에 있는 작은 동산이다. 말이 좋아 동산이지 실은 2m 높이에 10평정도 되는 조그마한 둔덕이다. 거기다가 바위를 적절히 배열하고 여러 가지 나무와 화초를 심었다. 나는 한 달에 한 번 정도씩 동산에 올라가서 마른 똥을 수거해 오면 그걸로 '청소 끝!'이다.

개를 마당에서 키우는 사람들을 보아도 대개 개집 앞을 보면 먹다 남은 밥을 밥그릇에 주고 또 주어서 그 주위가 지저분하다. 뼈다귀도 여기저기에 널려있고 똥오줌도 질편하다. 그러나 우리 꼬맹이의 집만은 예외이다. 항상 쓸고 닦아서 지저분해질 사이가 없는 것이다. 꼬맹이는 그야말로 '관리인이 있는 최고급 주택'에서 사는 강아지인 셈이다.

어느덧 세월이 많이 흘러 이제 주변을 돌아보면 그리고 눈을 감고 기억을 돌이켜보면 산 사람보다는 죽은 사람들의 얼굴이 더 많이 떠오른다. 신세만 지고 은혜만 입고 그대로 떠나보낸 분들이 대부분이다. 그래서 나는 마침내 이런 결론에 도달하였다.

"지금 현재의 처지에서!"

"할 수 있는 대로!"

이 두 가지가 은혜를 입은 분들을 후회 없이 떠나보낼 수 있는 최선의 방법이다. 그것이 곧 우리 모두가 은혜 갚는 부엉이가 되고 은혜 갚는 두꺼비가 되는 길이다. 죽음을 미리 생각한다는 것은 좋은 일이다. 우리 모두 이별연습을 미리미리 해 두자. 지금 현재의 위치에서, 할 수 있는 대로의 방법을 찾아보자.

지금 이 글을 쓰는 시간이 새벽 네 시 반인데 우리 야옹이는 잠도 자지 않고 내 주변에서 야옹~ 야옹~ 하며 어슬렁거린다. 자기가 여기 있다는 것을 알리며. 그래 고맙다. 내 사랑 야옹아!

　대학(大學)에서 공자는 재명명덕(在明明德)이라 하였다. 즉, 덕을 밝히는 데 큰 가르침의 근본이 있다고 한 것이다. 한걸음 더 나아가서는 격물(格物)·치지(致知)·성의(誠意)·정심(正心)·수신(修身)·제가(齊家)·치국(治国)·평천하(平天下)의 17자를 대학의 핵심 가르침으로 삼았다. 무슨 말인가? 첫째로 사물의 이치를 깨닫고 지식을 쌓아야 한다는 말이다. 그런 연후에야 자기 몸을 닦고 가정을 다스릴 수 있으며 그 다음에야 비로소 나라를 경영할 수 있다는 말이다.

격물치지의 근본은 무엇일까? 그것은 바로 끊임없는 호기심이다. 사물을 보면서 그냥 지나치지 않고 이것은 왜 이럴까? 저것은 무엇인가? 하면서 마치 어린아이와도 같은 호기심을 갖고 이 세상을 살아가는 자세야말로 공자님 말씀의 격물치지에 접근하는 가장 근본이다. 나는 66세가 되었지만 지금도 어린아이와 같은 천진난만한 마음가짐을 좋아한다. 그렇게 세상을 보려고 노력하고 행동 또한 그렇게 한다.

격물치지의 또 다른 접근방법은 끝없는 독서이다. 우리네 인간이 80을 산다고 해 보았자 경험할 수 있는 일들이 얼마나 될까? 필경은 얼마 되지도 않으며 보잘 것 또한 없으리라. 모든 지식은 경험의 산물이다. 수많은 경험과 시행착오를 거쳐서 아하, 이것은 이렇구나! 저것은 저렇구나! 하면서 쌓아 온 지식들이 오늘날의 문명을 이룩한 것이다. 이러한 인류 문명을 가능케 한 가장 근본적인 툴이 다름 아닌 '책'이다. 우리들은 책을 통하여 지난 5천년 동안 선조들이 경험해 보았던 소중한 통찰력들을 공짜로 만날 수가 있는 것이다. 거기에는 한 현상을 밝히기 위하여 몇 대, 수백 년에 걸쳐서 실험하고 연구한 결과물이 수록되어 있기도 하고, 목숨까지도 버려가면서 탐험한 미지의 세계의 온갖 신비로움이 밝혀져 있기도 하다.

나는 죽기 전까지 이 지구상에 존재하는 온갖 지식의 단 1%만이라도 알고 죽는다면 얼마나 좋을까 하는 생각을 해 보곤 한다. 그러한 생각을 실천해 보려고 마치 어린아이와도 같은 왕성한 호기심을 가지고 끊임없이 독서를 한다. 서울에서 살 때는 매일 신문을 다섯 가지나 읽었다. 여기는 시골이라 배달이 여의치 않아 한 가지 신문으로 만족하지만 말이다. 신문과 책을 통한 독서, 그리고 TV의 뉴스를 통한 지식의 습득을 하는 사이사이에 지친 몸과 마음을 달래기 위하여 음악을 듣고 연주도 한다. 영화를 통하여 시대의 조류를 파악해 보려고 노력한다. 또 나무와 풀을 가꾸고 고양이와 강아지를 키우면서 식물, 동물들과 교감을 하며 산다. 나는 이러한 삶을 축복받은 삶이라고 생각하며 하루하루를 맞이하고 보낸다.

그러한 왕성한 호기심과 지식담구 의욕이 있기에 시울대학교 총장이나 학장 같은 우리나라 최고의 지식인들과도 두 시간이 넘게 같은 테이블에 앉아서 대화를 하면서도 전혀 위축되지 않고 명랑하게 토론을 할 수가 있는 것이다. 물론 당시의 그 자리가 무슨 지식을 자랑하는 경연대회가 아니고 일종의 친목을 도모하는 자리였지만 그런 사람들이 자기와 어느 정도 수준이 비슷하지 않다면 한 자리에서 몇 시간씩 시간을 낭비하고 있을 이유가 없는 것이다.

S서적에 있을 때에는 런던에 초청되어 영국 출판사 대표들 300명이 모인 자리에서 ≪한국 도서시장의 현황과 전망≫이라는 주제로 장장 30분간이나 영어연설도 했다. 케임브리지대학 도서관

에서는 스티븐 호킹 박사도 만났다. (사실은 휠체어에 앉은 모습을 그냥 '보기만' 했다.) 이 모든 게 끝없는 노력의 결과이다. 그러므로 독자들이여, 지식을 사모하라! 명랑한 마음가짐을 가지라!

늙을수록 대도시에서 살아야 하며 특히 유명한 대학병원 근처에서 살아야 한다고 말하는 사람들을 주변에서 흔하게 본다. 그래야만 응급상황 때 빠르게 병원에 갈 수 있다는 이론이다.

나는 그런 생각에 반대한다. 내가 동물들을 키워보니 개건 고양이건 동물들은 원래가 병이 나지 않도록 설계되어 있다는 생각을 갖게 되었다. 사람과 동물이 무엇이 다를까? 단지 두뇌가 좀 더 좋아서 문명의 이기를 만들어 낼 줄 안다는 것 밖에 더 있는가? 그러므로 사람도 애당초부터 질병에 걸리지 않고 살게끔 설계되었다는 게 나의 지론이다. 그런 인간이 여러 가지 스트레스와 사고로 인하여 질병에 걸리고 몸을 다치게 되는 것이다. 시골에 이사 온 지 딱 8년이 지났다. 그렇지만 아직까지 아파서 병원에 입원해 본 기억이 없다. 아내 역시 마찬가지이다. 자연 속에서 자연에 순응하면서 살아가는 사람에게는 아플 일이 있을 수가 없다.

또 어떤 사람들은 재산상의 문제로 대도시를 떠나지 못하는 경우도 있다. 그런 사람들의 수장을 아주 간단하게 요약하면 '그래도 서울에 아파트는 한 채 있어야지.'라는 말로 압축할 수 있을 것이다. 언제 또 아파트 값이 폭등할지 모르니 아파트 한 채만은 꼭 소유하고 있어야만 안심이 된다는 것이다. 실제로 주변에 많은 친구들이 그런 이유 때문에 서울을 떠나지 못하고 있기도 하다.

그러나 꿈 깨시라! 앞으로 10년 이내에 대도시의 아파트 값은 적게는 30%에서 많게는 70%까지 폭락할 것이다. 서울의 지하철역 근처 입지가 아주 좋은 곳들은 덜 떨어질 것이요, 그렇지 않은 외곽이나 수도권은 더 많이 떨어질 것이다. 지방은 더 심할 것이다. 굳이 일본의 예를 들 필요도 없다. 비록 시골에 묻혀 사는 촌부이지만 내 눈에는 이런 미래가 훤히 보인다. 인구는 늘지 않고 집은 계속 지어대는데 집이 남아도는 것은 당연한 이치 아닌가?

이렇게나마 집값이 유지되는 것은 시중에 돈이 넘쳐나기 때문이다. 아침에 팩스를 보면 제발 돈을 갖다 쓰라는 금융권의 광고가 책을 주문하는 주문서보다도 더 많이 쌓여 있다. 낮에 오는 전화도 책 주문은 별로 없고 거의 다가 돈 쓰라는 전화이다. 이건 정말 짜증난다. 그래도 나는 친절하게 받는다. 그 사람들은 또 얼마나 힘들까를 생각하면서. 이제 내년부터 본격적으로 이자가 올라가기 시작하면 여기저기에서 곡소리가 터져 나올 일만 남았다.

아하~ 이런 사고가 있나! 고양이 이야기를 한다면서 엉뚱한 곁길로 이야기가 새어나가 버렸다. 그것도 한참이나. 도대체 부동산과 이 책이 무슨 상관이란 말인가.

자연을 사랑하고 싶은 사람들이 이 책을 읽었으면 좋겠다. 동물을 사랑하는 따뜻한 마음을 가진 사람들이 이 책을 여기저기에 소개해 주었으면 좋겠다. 아주 작고 짧은 책이지만 여기서도 배울 점이 분명히 있으리라 믿기 때문이다. 여기에 나의 인생 66년 중에서 아주 기억에 남을 만한 이야기만 실었다. 그것도 단 하루도 허투루 살지 않고 지금까지 아주 치열하게 살아 온 한 사람의 이야기임에야 왜 배울 것이 없겠는가.

정주영 회장님이 생전에 하셨던 이야기가 떠오른다. 너무 바빠서 아플 시간이 없다는 말씀, 또 잠자리에 들기 전에 내일 아침을 생각하면 가슴이 설렌다는 말씀들이다. 가히 명언 중에서도 명언이라는 생각이 든다.

독자들 모두 승리하는 하루가 되기를 바란다. 그 하루하루가 모여서 1년이 되고 66년이 된다는 사실을 기억하자.

Good Luck!

굿바이 내 사랑 스프라이트

마크 레빈 지음 / 김소향 옮김 / 고급 양장본 / 260쪽 /
9,500원

몸의 여러 질병에도 불구하고 주인에게 기쁨과 위안
을 주려는 스프라이트의 노력, 안락사를 시켜야 할지
를 두고 고민하는 가족들의 착잡한 심정, 스프라이
트를 떠나보내면서 가족들이 흘리는 눈물, 주위 사람
들이 보내주는 위로의 편지들…

나는 조선의 처녀다
광복70주년기념작품

다니엘 최 지음 / 528쪽 / 15,000원

일제는 꽃다운 조선의 처녀들에게 어떠한 몹쓸짓을
저질렀는가? 다니엘 최가 5년간의 노력끝에 완성한
정신대·위안부 문학의 결정판! 1940년대 민족의 수난사가
이 책 한 권에 모두 녹아 있다.

나는 **자랑스런**
흉부외과 의사다

김응수 지음 / 280쪽 / 12,000원

한일병원 김응수 (전)원장의 흉부외과 이야기. 삶과 죽음
이 교차하는 응급실, 그 긴박한 순간에 적나라하게 드러나
는 환자, 환자가족, 그리고 의료진들의 생생하고도 가슴 뭉
클한 이야기들.

의학의 달인이랑 식사하실래요?

김응수·김명희 지음 / 올컬러 / 각권 280쪽 내외
1권 13,000원·2권 14,000원

닥터 콜롬보의 메디컬 에피소드 1·2

현직 병원장, 중학교 교사, 애니메이션 화가가 힘을 합쳐
완성한 청소년을 위한 메디컬 에피소드.
이 책보다 더 재미있는 의학 이야기는 없다!!!

돈 벌어서 남주자

양승호 지음 / 올컬러 / 256쪽 / 정가 14,000원

남을 돕기 위해 기업을 경영한다고?

어려움에 처해 있는 자영업자들을 돕기 위해 기업을
경영한다는 양승호 박사의 이타주의 경영! 그의 (황당한?)
경영이론은 과연 요즘같은 시대에 어려움에 처해 있는
사람들에게 한줄기 빛이 되고 우리 사회의 양극화문제를
해결하는 처방이 될 수 있을 것인가?

굿모닝 마다가스카르

김창주 지음 / 올컬러 / 256쪽 / 성가 16,000원

"에덴 이후 또 하나의 에덴, 마다가스카르!"

이 책은 복음선교와 의료선교, 그리고 해외 봉사를 꿈꾸는
사람들에게 현장을 그대로 체험할 수 있는 생생한 리포트일
뿐만 아니라 마다가스카르에 대한 Guide Book으로서의
역할을 하기에 부족함이 없는 안내서이다.

4차원의 세계

유광호 지음 / 신국판 288쪽 / 13,000원

누가 구름을 사라지게 하고 비를 멈추게 하는가?

양자물리학과 양자생물학을 파고 들어서
마침내 밝혀낸 4차원, 그 신비의 세계!

악마의 계교
무신론의 과학적 위장 – 신은 만들어지지 않았다!

데이비드 벌린스키 지음 / 현승희 옮김 / 양장 254쪽 / 16,500원

이 책은 무신론 과학자들의 억지 주장 속에 숨겨져 있는
허구들을 낱낱이 들추어낸다. 그리고 그들의 공격으로
인해 고통당하고 있는 수백만의 믿는 사람들에게 자신감을
갖게 해 준다.

죽음 이후의 삶 –개정판

디팩 초프라 지음 / 정경란 옮김 / 신국판 / 339쪽 / 14,000원

타임지가 선정한 '세계를 움직인 100인' 중 한 명이자,
영혼문제의 대가인 디팩 초프라가 우리들에게 들려주는
삶과 죽음 이야기, 그리고 그 이후의 영혼여행 이야기.
프린스턴, UC 버클리, NASA등 전 세계의 유명 대학과
연구소의 석학들이 밝혀보려는 죽음 이후의 세계는
과연 어떤 것인가?

슬픔이 밀려올때

컬크 나일리 지음 / 다니엘 최 옮김 / 240쪽 / 12,000원

이제 막 결혼하여 행복한 가정을 이루며 살아가고 있는
아들과 며느리의 삶을 지켜보는 것은 노 목사 부부의
크나 큰 기쁨이었다. 그러던 어느 날 아들의 갑작스런
죽음은 그들 가정에 엄청난 충격을 몰고 오는데…

문화의 벽을 넘어라
–선교와 해외봉사

드와인 엘머 지음 / 김창주 옮김 / 326쪽 / 13,000원

이 책은 선교나 해외봉사에서 필요한 지혜를
가르쳐 줄 뿐만 아니라 국제사업 분야에서도
활용될 수 있는 통찰력을 제공한다.

일본의 침략근성
그 실체를 밝힌다

이승만 지음 / 김창주 옮김 / 352쪽 / 15,000원

이 책은 일본인들의 심리를 정확히 꿰뚫어보고 분석한
루스 베네딕트의 《국회와 칼》에 버금가는 작품이다.
건국대통령 이승만의 영문원작을 번역한 책으로 그의
혜안이 번득이는 작품이다.

해외투자 전문가 따라하기

최우수·황우성·김수한 지음 / 올컬러(별책포함) / 200쪽 / 22,000원

언제까지나 좁은 국내 시장에만 머물러 있을 것인가?
한경TV, SBS, CNBC 출연진이 공개하는 해외투자의 비법!
전문가 3명의 설명을 차근차근 따라 하다보면
어느 사이에 나의 투자실력도 쑥쑥! 수익률도 쑥쑥!

스펙을 뛰어넘어
- 취업하기 전에 알았으면 좋았을 것들

박인규·윤성·백인걸·최우수 지음 / 268쪽 / 18,000원

무토익으로도, 저스펙으로도 당당히 내로라하는 직장에
취업한 선배들의 경험담을 들으라. 그들에게는 어떤 비장의
무기가 있었나? 여러분들의 선배 4명이 대기업 인사담당자
등 전문들을 심층 인터뷰하여 만들은 취업 안내서의
결정판!

여우사냥 합본 개정판

다니엘 최 지음 / 816쪽 / 19,000원

명성황후의 시해범들을 찾아 떠나는 장장 14년에 걸친
통쾌한 복수극! 역사소설, 추리소설, 무협소설의 흥행 요소들
을 모두 포함한 800쪽의 대하소설! 이 책 한 권이면
파란만장한 구한말 격동기의 조선역사 100년을 마스터한다!

박정희의 기업가적 국가경영과 위기관리 리더십

전대열 지음 / 400쪽 / 14,000원

불과 18년이라는 짧은 기간에 대한민국의 가난을
몰아낸 대통령! 이땅의 젊은이들이 마음놓고 자랑해도
좋을 우리들의 지도자 박정희를 재평가한다.